KB244124

창작마을문학상 대상

인터넷게임중독 탈출하기

겜 짱

글_김영만

연극과 만난 동화 _ **겜짱**

책이름 겜짱
지은이 김영만
초판 제1쇄 인쇄일 2012년 2월 22일
초판 제2쇄 발행일 2012년 10월 1일
초판 제3쇄 발행일 2017년 11월 9일
발행인 김성엽
발행처 창작마을
주소 서울시 서초구 사평대로 2길 10
전화 02-2055-3055
인터넷홈페이지 : www.villageofartists.com
창작마을쇼핑몰 : www.cjmeshop.com
ISBN 978-89-86591-27-9-03810

정가 : 12,000원
Heart to Heart - 가슴에서 가슴으로 전하는 책
책 한 권을 사시면 다른 한 권은 소외계층 또는 소외지역으로 배포됩니다.
판매수익금 전부 사회적기업 목적에 사용됩니다.

차례

게임, 넌 친구냐 적이냐?

어린이 여러분은 인터넷게임을 어떻게 생각하세요? 친구일까요, 아니면 적일까요? 당연히 어린이들에게는 무지무지 재미있는 친구지요. 하지만 우리 부모님들은 게임을 몹시 해로운 적으로 생각합니다.

우리 어린이들은 뭔가를 갖거나 누리고 싶은 마음을 억제하기가 어렵습니다. 좋은 건 맘대로 갖고 싶고, 재미나는 건 계속 누리고 싶고, 맛난 건 실컷 먹고 싶죠? 게임이나 만화도 누가 말리지만 않으면 시간 가는 줄 모르고 빠져듭니다. 여러분은 아직 어리기 때문에 이런 감정을 억누르는 의지력이 약해서 그렇지요.

게임은 적당히 즐기기만 하면 참 좋은 놀이거든요. 하지만 중독성이 아주 강한 단점이 있답니다. 게임은 한번 시작하면 멈추기 싫어지죠? 그렇게 몇 번 빠지다 보면 자신도 모르게 게임중독이 되거든요.

게임중독이 되면 밤낮없이 빠져들고 좀체 벗어나기도 힘들어집니다. 틈만 나면 게임에 매달리니 시력도 나빠지고, 운동부족으로 뚱뚱해지고, 친구들이랑 어울릴 시간이 없으니 외톨이가 됩니다.

그뿐일까요? 공부는 뒷전이니 성적도 곤두박질치지요. 짜증 잘 내고 폭력적인 성격이 되면서 심지어 가족과도 자주 다툽니다. 이러니 어른들이 게임을 해로운 적으로 생각하지 않겠어요?

그러면 어떻게 하면 게임중독이 되지 않고, 게임을 잘하는 겜짱이 될까요? 동화 <겜짱>을 읽으면서 우리 함께 생각해보기로 해요. 게임을 즐기면서 겜짱이 되는 방법도 있고, 게임중독이 된 친구를 구해내는 방법도 있거든요.

우리 모두 조금만 노력하면 게임과 친구가 될 수 있어요.

어린이 여러분이 멋쟁이 겜짱이 되는 날을 기대할게요!

김영만 (동화작가)

1. 대마왕과 겜마의 전설

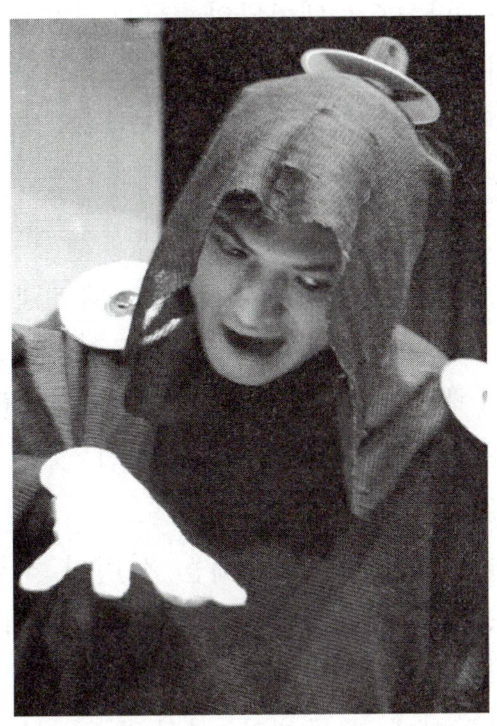

다 알다시피 우리 한민족의 시조는 단군할아버지예요. 그래서 우리나라에는 단군할아버지와 관련된 전설이 많지요. 대마왕과 겜마의 전설도 그중에 포함되어 있답니다.

겜마가 누구냐고요? 대마왕의 부하 게임마귀예요. 아이들을 유혹해서 게임중독의 함정에 빠뜨리는 일을 해요.

그럼, 대마왕과 단군할아버지의 전설을 살펴볼까요?

오랜 옛날, 백두산이 화산재와 용암을 뿜어 올리며 폭발했어요.

백두산이 토해낸 용암 한 줄기가 백두대간 땅속으로 들어갔어요. 백두대간은 백두산에서 지리산으로 이어지는 산자락이에요. 한반도를 든든하게 지탱해주는 등뼈와 같은 산줄기지요. 용암은 백두대간 지하로 강물처럼 흐르면서 동굴을 만들었어요.

화산폭발이 멈추자 백두산에는 신비한 하늘연못이 생겼어요. 지금도 백두산 꼭대기에 있는 천지연이 그 연못이에요.

용암이 만들어낸 백두대간 지하 동굴에는 어둠이 들어찼어요. 그러나 아직 사람들한테는 발견되지 않은 동굴이랍니다.

어느 날, 하늘의 왕 옥황상제가 아들 환웅에게 명령했어요.

"한반도에 내려가 나라를 세워 다스리도록 하라!"
하늘에서 악명을 떨치던 마왕이 옥황상제에게 사정했어요.
"옥황상제님, 부디 한반도를 저에게 맡겨주세요!"
"감히 내가 사랑하는 한반도를 마귀의 소굴로 만들려고?"
크게 노한 옥황상제는 마왕을 번갯불로 후려쳤어요. 하늘에서 쫓겨난 마왕은 백두대간 지하 동굴로 달아났답니다. 마왕은 구미호와 이무기를 굴복시켜 부하로 만들었어요.
"두고 봐라! 언젠가는 한반도를 마왕의 땅으로 만들겠다!"
하늘에서 내려온 환웅천왕은 백두대간에 나라를 세웠지요. 그리고 곰 부족의 웅녀를 만나 아들 단군을 낳았어요. 하늘에서 손자의 탄생을 지켜본 옥황상제는 크게 기뻐했어요.
단군은 자라서 환웅천왕의 뒤를 이을 대장부가 되었어요.
"백두대간 지하 동굴에 숨어 있는 마왕을 경계하라!"
환웅천왕은 단군에게 한반도를 맡기고 하늘로 올라갔어요. 단군은 한반도에 한민족의 나라를 세워 왕이 되었답니다. 바로 이분이 단군왕검, 즉 한민족의 시조 단군할아버지예요. 훗날 단군왕검은 왕위에서 물러나 산으로 들어갔어요.

"마왕이 살아 있는 한 결코 하늘로 올라가지 않겠다!"

단군할아버지는 백두산에서 산신이 되어 머물렀어요. 백두대간의 호랑이들과 도깨비들이 찾아와 신하가 되었어요.

수천 년이 흐른 뒤, 동굴 속의 마왕은 대마왕이 되었어요.

"용암동굴 겜마(게임마귀)들은 모두 집합하라!"

어느 날, 대마왕의 호령에 용암동굴이 쩌렁쩌렁 울렸어요. 동굴 벽에 매달려 있던 박쥐들이 일제히 날아올랐어요.

동굴폭포가 하얀 물보라를 날리면서 쏟아지는 곳에 유리알처럼 맑은 호수가 있었어요. 동굴폭포 앞에 거대하고 시커먼 대마왕이 보였어요. 힐끔 곁눈으로 봐도 움찔 기가 죽는 무시무시한 모습이에요.

천장 가득 날아오던 박쥐들이 그 앞에 날개를 접었어요. 박쥐들은 대마왕 앞에 꿇어앉자 겜마들로 변신했어요.

"나의 특공대 겜마들아! 동굴호수를 관찰하라!"

구미호 겜마들과 이무기 겜마들이 호수를 들여다봤어요. 동굴호수의 맑은 수면에 한 남자아이가 보였어요.

"똑똑히 봐라! 오늘 새 컴퓨터를 갖게 된 아이다!"

호수를 바라보던 33번 구미호 겜마의 눈이 반짝 빛

났어요.

“대마왕님! 저 아이는 한석기 여동생과 짝꿍인 강철입니다.”

“한석기라면 네가 게임중독자로 만든 아이 말이냐?”

“충성! 덕분에 44번에서 33번으로 승진되었습니다.”

함께 호수를 바라보던 겜마들이 부러운 얼굴로 쳐다봤어요. 하지만 대마왕은 눈을 가늘게 뜨고 33번을 쏘아봤어요.

“그런데 한석기의 여동생 한다미는 왜 실패한 거야?”

“그, 그 애는 워낙 게임에 관심이 없는 여자아이라서….”

“음, 여자아이들도 게임에 빠지게 할 방법을 연구해라!”

“충성! 먼저 강철이를 맡겨주시면 한석기처럼 성공을….”

대마왕이 손을 번쩍 들자 33번은 얼른 입을 다물었어요.

동굴호수로 관찰한 강철이는 의지가 강한 아이 같았어요. 대마왕은 여우같은 33번보다는 사내다운 44번이 낫다고 판단했어요.

“강철이는 44번 이무기 겜마가 맡아라.”

“충성! 강철이를 기필코 게임중독에 빠뜨리겠습니다!”

시무룩해진 33번 구미호 겜마가 대마왕을 쳐다봤어요.

“넌 김태연이를 맡아라! 한다미처럼 실수했다간 각오해!”

“충성! 가장 나이 어린 게임중독자를 만들겠습니다!”

대마왕은 새카맣게 엎드려 있는 겜마들에게 소리쳤어요.

“백두산 산신의 신하 탱자나무도깨비들을 경계하라!”

“명심하겠습니다, 대마왕님!”

겜마들이 몸을 떨면서 박쥐로 변신하여 날아올랐어요. 대마왕은 용암동굴을 떠나는 박쥐들에게 천둥치듯 외쳤어요.

“어린이들을 게임중독자로 만들어야 한반도를 정복한다!”

박쥐들은 용암동굴을 썰물처럼 빠져나가 한반도로 흩어졌어요.

2. 한밤중의 달걀귀신

“빨리 일어나세요! 철이가 위험해요!”

아빠 꿈에 나타난 건 분명히 탱자나무도깨비였어요. 할아버지의 옛날이야기에 등장하는 단골 도깨비예요.

“탱자나무도깨비 아니냐? 근데 철이가 위험하다고?”

아빠는 잠결에 탱자나무도깨비에게 물었어요.

“철이가 겜마의 함정에 빠져들고 있다고요! “

얼떨결에 잠을 깬 아빠는 잠시 멍하니 앉아 있었어요.

“철이가 함정에 빠졌다니, 무슨 소리지?”

시계를 보니 새벽 1시 30분을 가리키고 있었어요.

“철이는 제 방에서 곯아떨어졌을 시간인데⋯.”

톡톡 드르륵⋯

다다다 드드드!

그때 어디선가 이상한 소리가 들려왔어요.

“무슨 소리지? 혹시⋯ 쥐가 들어왔나?”

아빠는 잠시 천장을 노려보면서 귀를 기울였어요.

도도도 도르르⋯

드드드 다다다!

수상한 소리는 아까보다 약해지긴 했지만 계속 들려왔어요.

“안방 천장에서 나는 소리는 아닌데?”

아빠는 뒤꿈치를 들고 살금살금 거실로 나왔어요.

“오래된 아파트도 아닌데 쥐가 들어왔으면 야단인데?”

안방 문을 소리 안 나게 닫고 거실 천장을 살폈어요.

톡톡 드르륵…

이어졌다 끊어졌다, 수상한 소리는 계속 들려왔어요.

"거실 천장에서 쥐들이 달려 다니는 소리도 아니야."

소리는 남쪽 베란다 쪽에서 들려오는 듯했어요. 아빠는 커튼이 드리워진 베란다 창문 쪽을 바라봤어요.

"헉! 저, 저게 뭐지?"

순간 아빠는 흠칫 놀라면서 우뚝 멈춰 섰어요.

거실의 안방 쪽 벽 앞에는 텔레비전이 놓였어요. 그 맞은편에는 긴 소파가 등을 벽에 기대고 있었지요. 소파와 베란다 창문 사이에 뭔가 큼직한 물체가 보였어요. 시커멓고 커다란 게 머리카락을 쭈뼛 곤두서게 했답니다.

"으으… 저, 저런 게 왜 저기 있지?"

아빠는 벽을 더듬어 스위치를 찾아 불을 켰어요.

딸깍!

깜박깜박 번쩍!

"으악! 저, 저건…."

형광등이 켜지자 그것은 파르스름한 모습을 드러냈어요. 불빛에 눈이 부셔 언뜻 그 정체를 알 수가 없었는데, 눈을 깜박이며 자세히 바라보니, 그것은!

"달달달, 달걀귀신이다!"

　아빠는 어찌나 놀랐던지 털썩 주저앉고 말았어요. 수상한 소리도 바로 그 달걀귀신이 내고 있었어요. 달걀귀신은 등을 조금씩 움직이면서 규칙적인 소리를 냈어요.
　잠시 숨을 고른 아빠는 아랫배에 힘을 주고 심호흡을 했어요. 천천히 어지러운 마음을 가라앉히면서 용기를 냈어요. 주저앉을 정도로 겁을 먹은 자신이 부끄러워졌어요.

"흥! 내가 이래봬도 귀신 잡는 해병대…."

중얼거리면서 무기가 될 만한 것이 없는지 둘러봤어요. 현관문 쪽에 배드민턴 라켓을 넣어둔 가방이 보였어요. 달걀귀신을 힐끔힐끔 살피면서 그쪽으로 엉금엉금 기어갔어요.

"뭐, 해병대는 아니지만… 육군 수색대 출신이라고, 내가."

아빠는 배드민턴 라켓을 양손에 하나씩 움켜쥐었어요.

"최전방에서 북한군을 감시한 대한민국 사나이야, 내가…."

휴전선에서 밤낮으로 북한군을 경계한 아빠였어요. 이젠 가족을 보호해야 할 가장의 책임감이 힘을 북돋았어요. 아빠는 납작 엎드려 살금살금 달걀귀신 뒤로 다가갔어요. 그리고 벌떡 일어서면서 벽력같은 고함부터 질렀어요.

"꼼짝 마라, 달걀귀신아!"

달걀귀신을 향해 배드민턴 라켓을 마구 휘둘렀어요.

"에잇, 에잇, 에잇! 물러가라, 이 못된 귀신아!"

양손의 배드민턴 라켓으로 투닥탁탁 달걀귀신을 때렸어요. 의외로 달걀귀신은 반격이나 저항도 못하고 허둥댔어요. 아빠의 기습공격에 달걀귀신이 그대로 무너지고 말았지요.

우당탕 꽈당!

달걀귀신은 벌러덩 넘어져서 데굴데굴 굴러다녔어요.

"여기가 어디라고 들어와? 에잇, 에잇, 에잇!"

그러자 달걀귀신이 고통스런 비명을 질러댔어요.

"아이고, 나 죽네!"

두 손으로 머리를 싸잡으면서 우는소리도 냈어요. 아빠는 달걀귀신이 숨 돌릴 틈도 주지 않고 공격했어요. 어찌나 요란했던지 온 식구가 잠을 깨고 말았지요.

"아앗, 아파요! 아빠…."

아파요, 아빠? 달걀귀신이 아빠라니, 이게 무슨 소리지요? 아빠는 배드민턴 라켓 공격을 멈추고 고개를 갸웃했어요.

"아빠라고? 아니, 아빠 달걀귀신도 왔어?"

"으아! 저예요! 달걀귀신이 아니라고요!"

세상에 이런 일이! 비명을 지르며 굴러다니는 것은 달걀귀신이 아니었어요. 제 방에서 곤히 자고 있어야 할 아빠 아들 철이였답니다.

"아니, 넌 철이 아니냐?"

아빠는 배드민턴 라켓으로 이불을 걷어 올렸어요. 파란 이불이 김밥의 김처럼 몸에 둘둘 말려 있었거든요.

"너 지금, 이불 쓰고 아빠랑 달걀귀신 놀이하는 거냐?"

"무슨 뚱딴지같은 달걀귀신 놀이요? 아이고, 아파라…."

“그럼 여기서 뭘 하는 거냐? 이 밤중에….”

“하긴 뭘 해요? 아빠한테 신나게 얻어맞고 있죠!”

아빠는 아직도 달걀귀신한테 홀린 듯했답니다. 멍하니 서 있는데 등 뒤에서 할아버지 목소리가 들렸어요.

“무슨 일이냐, 아범아? 도둑이 들었냐?”

할아버지는 등산스틱을 움켜쥐고 거실을 두리번거렸어요. 도둑이나 강도가 들었으면 한방에 날려버릴 자세였지요.

“여보, 무슨 일이에요?”

안방 문이 열리면서 대걸레를 든 엄마도 나왔어요.

“엄마, 무서워….”

겁을 잔뜩 집어먹은 송이도 제방에서 나왔어요. 배드민턴 라켓을 양손에 든 아빠와 이불에 둘둘 말린 철이…. 할아버지는 아빠와 철이를 번갈아 쳐다보면서 물었어요.

“너, 철이 아니냐? 아범아, 이게 무슨 일이냐?”

“저도 뭐가 뭔지 모르겠습니다, 아버님.”

아빠는 베란다 창문 옆에 있는 컴퓨터를 돌아봤어요. 그러자 44번 이무기 겜마가 아무도 모르게 모니터 속으로 사라졌어요. 모니터에는 자동차 경주 그림만이 바삐 움직이고 있었지요. 철이가 여태 즐기던 레이싱 게임이 아직도 진행 중이었어요. 아빠는 그제야 사태를 제대로 파악하게 되었어요.

철이를 흘겨본 아빠가 할아버지께 설명을 해드렸어요.

"철이가 이불 뒤집어쓰고 게임을 하는 것도 모르고…."

"달걀귀신인 줄 알았다고? 허허, 이거야 원…."

할아버지는 허탈하게 웃으면서 등산스틱을 내려놓으셨어요.

달걀귀신은 이불을 뒤집어쓴 컴퓨터와 철이였답니다. 컴퓨터 불빛과 소리를 막기 위해 이불을 뒤집어쓴 거예요. 그게 다 44번 이무기 겜마의 작전에 철이가 휘말린 거였어요. 그런데 게임이 진행되자 겜마도 철이도 게임에 빠져버렸어요. 탱자나무도깨비가 아빠의 잠을 깨울 거라는 계산은 못했지요.

아빠는 긴장이 풀리자 갑자기 화장실에 가고 싶어졌어요.

"철이 너 이 녀석, 화장실 다녀와서 보자!"

엄마는 철이 귀를 잡아 텔레비전 앞으로 끌어냈어요.

"아야, 아파요! 귀 떨어지겠어요, 엄마…."

"새 컴퓨터를 살 때 뭐라고 약속했지? 컴퓨터 사용 시간을 엄격하게 지키고, 늦게까지 게임을 하지 않겠다고 했잖아? 사내 녀석이 스스로 한 약속도 못 지키면서, 뭘 잘했다고 엄살이야? 날 밝으면 인터넷을 해지해

버려야지 안 되겠
다. 손들고 꿇어앉
아!"

"인터넷 해지만
은 안 돼요, 엄마!
주말에는 좀 오래
해도 된다고 했잖
아요? 오늘은 토
요일이에요."

"새벽 두 시가
다 되었거든? 토
요일이 아니라 이
미 일요일이야! 그

게 좀 오래 한 거야? 식구들 몰래 이불 뒤집어쓰고 밤
을 새우기로 작정한 거지. 손 높이 안 들래?"

"언제 시간이 이렇게 됐지? 열두 시도 안 된 줄 알
았는데…."

벽시계를 쳐다보던 철이 눈길이 할아버지한테 옮겨갔
어요. 뒷머리를 긁적이면서 은근히 구조요청을 하는 거
였어요. 철이 눈길의 의미를 알아챈 할아버지가 껄껄
웃으셨어요.

"내가 철이 나이쯤 됐을 때던가? 친구한테 다섯 권

짜리 삼국지를 빌려왔는데, 어찌나 재밌던지 손에서 내려놓을 수가 없지 뭐냐? 부모님 몰래 이불 속에서 남폿불에 밤늦도록 그걸 읽다가 혼난 적이 있었거든.”

“하하, 아버님은 삼국지였어요?”

화장실에서 나오던 아빠의 말에 엄마와 송이가 돌아봤어요.

“전 이불 속에서 손전등 불빛에 만화책을 보다가 들켰어요.”

“허허, 그랬었냐? 난 야단친 기억이 없는데?”

“손전등 전지 다 닳는다고 어머님한테 혼 좀 났지요.”

벌을 서는 철이한테 아빠의 잔소리가 시작되었어요.

“사나이가 그렇게 자제력이 부족해서 어떡해? 게임이 아무리 재밌어도 그렇지, 밤을 새워가면서 하다니. 아무리 좋은 일일지라도 한 가지에 지나치게 빠지는 건 바람직하지 않다고 말했잖아?”

어른들의 눈치를 살피면서 벌을 서던 철이가 나섰어요.

“카트라이더가 얼마나 재밌는데요! 삼국지나 만화랑은 비교할 수도 없다니까요. 할아버지는 삼국지를 읽으셨으니까 삼국지 게임을… 아야, 아파요!”

엄마가 철이 이마에 알밤을 먹이면서 찬물을 끼얹었어요.

“어물쩍 넘어가려고? 회초리를 가져와야 정신 차릴래?”

철이는 자라목이 되면서 두 손을 번쩍 쳐들었지요.
엄마가 걱정스럽다는 표정으로 할아버지를 쳐다봤어요.

"이불 속에서 책 읽던 두 분과는 달라요, 애는."

할아버지와 아빠는 무슨 소린지 모르겠다는 표정이었
어요.

"한밤중에 이불 뒤집어쓰고 게임을 하는 건 심각하
다고요."

"심각하다니, 그게 무슨 말이오?"

아빠가 엄마를 쳐다보면서 걱정스레 되물었어요. 분위
기가 심상치 않은 걸 느낀 철이가 다시 끼어들었어요.

"아니에요, 엄마! 토요일 저녁이라서 안심하고 하다
보니까…."

"그렇게 떳떳하다면 왜 온 가족이 다 잠든 뒤에, 헤
드폰에 이불 뒤집어쓴 채 새벽까지 게임을 하는 거야?
손 똑바로 들지 못해?"

엄마는 이대로 넘어갈 수 없다는 기세였어요. 다시
할아버지가 얼른 나서서 분위기를 수습했어요.

"사람은 항상 옳고 그름을 분별할 줄 알아야 한다.
그걸 모르면 짐승과 다르지 않지. 밤늦게까지 게임을
하지 않겠다는 약속도 어기고, 또 한밤중에 가족을 놀
라게 한 것은 분명한 잘못이다. 사과하고 반성해야 할
일이야."

"죄송합니다, 할아버지. 엄마, 아빠…. 다시는 안 그럴게요."

철이가 시무룩한 표정으로 고개를 숙이자 송이도 참견했어요.

"나도 놀랐다고, 오빠."

"미안해, 송이야. 놀라게 해서…."

아빠가 엄마 앞을 가로막아서면서 철이를 일으켰어요.

"잘못을 반성하고 다시는 안 그런다고 약속했으니 됐다."

"약속만 하면 뭘 해요, 또 어길 게 분명한데?"

엄마는 짐짓 그대로 물러설 수 없다는 듯이 나섰어요.

"오늘은 늦었으니 일단 들어가서 자거라. 얘기는 내일… 아참, 지금 새벽이니까 내일이 아니지. 어쨌든 얘기는 날 밝으면 하기로 하고."

할아버지도 철이 손을 잡아끌면서 엄마한테 말했어요.

“그렇게 해라, 어멈아. 나도 들어가서 자야겠다.”

할아버지는 철이를 자기 방 앞에 데려다놓고 들어가셨어요. 엄마도 못 이기는 척하면서 더 이상 화를 내지는 않았지요. 아빠가 서둘러 남매를 각자의 방으로 들여보냈어요. 철이는 비로소 한숨을 내쉬면서 얼른 인사를 했어요.

“엄마 아빠, 안녕히 주무세요!”

엄마는 힐끔 흘겨보고는 대답 없이 안방으로 들어갔어요.

“어서들 들어가 자거라. 늦었다.”

아빠는 남매가 들어가는 것을 확인한 뒤에야 돌아섰어요.

“거 참, 알다가도 모를 일이란 말이야.”

엄마가 잠자리에 들다말고 아빠를 돌아봤어요.

“애들은 인터넷게임이 그렇게 재밌을까?”

“우리 어려서 부모님은 만화가 그렇게 재밌느냐고 하셨어요.”

“하긴 그러셨지. 만화책만 보면 화를 버럭버럭 내셨으니까.”

엄마는 아직도 걱정이 가시지 않은 표정으로 말했어요.

“문제는 인터넷게임이 만화책보다 훨씬 빠져들기 쉽다는 거예요. 요즘 우리 철이처럼 저렇게 하다가 게임에 중독되는 애들이 많대요.”

“난 우리 철이를 믿어요. 착하고 의지력도 강하니까.”

엄마도 아빠와 같은 생각이었지만, 마음을 놓을 수가 없었어요. 게임에 빠져서 성적도 떨어지고 건강까지 해치면 어쩌나 걱정되었기 때문이지요.

“괜히 새 컴퓨터로 바꿔준 건 아닐까요?”

“철이가 게임 하려고 컴퓨터 바꿔달라고 했을까봐서요?”

엄마의 걱정이 깊어지자 아빠가 불을 끄면서 말했어요.

“아이들을 믿어야 해요. 그래야 아이들도 우릴 믿고 따르지요.”

“쟤들은 아직 철없는 어린애들이잖아요?”

“무엇이 옳고 그른지, 무엇이 엄마 아빠를 실망시키는 일인지는 분별할 줄 아는 아이들이에요. 너무 걱정하지 말고 그만 잡시다. 나중에 애들이랑 차분하게 얘기해보면 알게 되겠지요. 문제가 있으면 그때 해결책을 찾아보고.”

“알았어요. 하지만 전 자꾸 걱정이 돼요.”

한밤중의 달걀귀신 소동은 그렇게 마무리되었답니다. 하지만 그때 44번 이무기 겜마는 다시 철이를 꼬드겼어요.

“딱 한 게임만 더하자! 응? 딱 한 게임만!”

"안 돼! 그러다 진짜로 인터넷 해지해버리면 어쩌게?"

물론 철이는 아직 그게 겜마라는 사실은 몰랐어요. 의지력이 약해져서 들리는 마음의 소리로 알았지요. 사실 여태 게임을 한 것도 겜마의 꼬드김 때문이었어요. 겜마는 철이가 물러서지 않게 더욱 집요한 유혹을 했어요.

"어른들 모두 주무시는데, 뭘? 딱 한 게임만 하자, 응?"

"나도 그러고 싶지만, 안 돼! 난 사내란 말이야."

"사내가 그렇게 겁이 많아서 뭐에 쓰겠나? 딱 한 게임인데."

"겁이 많은 게 아냐! 난 스스로 한 약속을 지키고
싶어!"
"쳇! 재미없어…."
철이가 흔들리지 않자 겜마는 일단 후퇴하고 말았어
요. 하지만 철이는 그것이 탱자나무도깨비 덕인 줄은
몰랐어요. 탱자나무도깨비가 몰래 겜마의 유혹을 막아
줬거든요.

3. 무서운 겜마의 함정

철이는 초등학교에 입학하면서 컴퓨터를 갖게 되었어요.

"요즘은 컴퓨터를 모르면 아무 것도 할 수 없는 세상이다. 인터넷은 먼 나라 사람들까지 이웃처럼 연결해 주고, 인터넷 속에는 필요한 정보가 다 들어 있거든. 컴퓨터를 부지런히 익혀서 공부에 유익하게 활용하도록 해라."

아빠는 컴퓨터를 사주면서 멋진 말씀까지 하셨어요. 덕분에 철이는 친구들보다 컴퓨터 실력이 앞섰지요. 컴퓨터로 숙제도 하고, 숙제가 끝나면 게임도 즐겼어요.

철이는 시간이 날 때면 컴퓨터로 글쓰기도 했어요. 동화 짓기를 좋아했는데, 할아버지와 엄마의 영향이 컸답니다. 할아버지는 저녁에 잠들기 전에 자주 옛날이야기를 해주셨어요. 이야기에는 착한 일을 하는 도깨비와 호랑이가 등장했어요. 그 도깨비와 호랑이가 겜마를 경계해주었지만 철이는 몰랐어요.

할아버지는 훈계를 할 때에도 이야기를 활용하셨어요. 그런 옛날이야기는 동화를 짓는 데에 많은 보탬이 되었지요.

또 엄마의 뛰어난 그림동화도 많은 도움을 주었어요. 엄마는 시간 날 때마다 스케치북에 연필로 그림을 그려요. 밑그림을 다 그리면 그림 한쪽 빈자리에 동화를 쓰지요. 엄마의 그림동화가 완성되면 가족이 함께 감상

한답니다.

"어떠세요, 아버님? 화려한 색깔의 그림보다 연필그림이 훨씬 부드러운 느낌과 깊은 감동을 주지 않습니까?"

아빠는 뭐가 그리 좋은지 싱글벙글 할아버지께 묻습니다. 엄마를 얼마나 자랑스러워하는지 알게 되는 표정이에요.

"허허, 어멈은 훌륭한 그림동화작가로구나! 아범 말대로 그림도 좋고 동화도 아주 감동적이야. 장하다, 어멈아!"

"그렇죠, 아버님? 정말 잘 그리고 잘 썼지요?"

할아버지의 칭찬에 참고 참았던 아빠의 찬사가 쏟아져요.

"여보, 이 훌륭한 작품을 우리 가족만 보기에는 정말 아까워요. 원고를 출판사에 보내면 어떨까? 출판사에서도 분명히 책으로 내자고 할 거예요."

"아이, 조금 더 공부하고 다듬어서요."

철이도 엄마의 그림동화 솜씨를 한껏 칭찬해 드리지요.

"엄마 그림동화는 서점에서 사보는 동화책보다 훨씬 더 재밌어요. 그림도 멋지고, 동화도 감동적이에요. 제가 컴퓨터를 열심히 공부해서 엄마 그림동화를 책으로 꾸며드릴게요!"

"고마워, 아들! 기대할게!"

엄마는 가족의 관심과 칭찬에 얼굴이 발갛게 물들곤 해요. 용기와 의욕을 얻은 엄마는 또 다음 작품에 매달리지요.

철이는 글은 잘 쓰는데 잘 그리지 못해요. 여동생 송이는 철이와 반대랍니다. 송이는 그림은 잘 그리는데 글이 아직 서툴거든요.

"송이야, 이담에 우린 남매 그림동화작가가 되자."

"남매 그림동화작가? 그게 뭔데, 오빠?"

"나는 동화를 쓰고 넌 그림을 그리는 거야!"

"어머, 오빠! 그거 멋지겠다!"

컴퓨터에는 엄마와 철이의 동화가 한 편씩 저장되어 갔어요. 철이 입학 기념으로 산 컴퓨터지만 가족이 함께 사용했지요. 남매가 학교에 간 뒤에 컴퓨터는 엄마 차지가 되었어요. 저녁때는 가끔 아빠가 인터넷 검색이나 바둑게임을 하셨어요. 엄마는 테트리스 게임을 하면서 컴퓨터와 친해지기도 했어요. 일요일이면 가족이 테

트리스 실력을 겨루기도 했어요. 나중에는 엄마의 점수
를 아무도 뛰어넘지 못했답니다.
　“어떠냐? 엄마가 테트리스 겜짱이지?”

　그 무렵, 철이는 가끔 어떤 소리를 듣게 되었어요.
　“숙제하기 전에 딱 한 게임만 즐기자, 응?”
　철이는 게임을 하고 싶은 마음의 소리인 줄 알았어
요. 컴퓨터를 켤 때 나타나는 겜마라는 사실은 까맣게
몰랐지요. 철이는 그렇게 퍼즐게임과 액션게임에 관심
을 가졌어요.
　“숙제하기 전 머리 식힐 땐 퍼즐게임이 딱이지? 거
봐, 내 말만 잘 들으면 공부도 게임도 신나게 할 수 있
다고. 숙제 끝나면 액션으로 딱 한 게임 어때? 액션게
임은 활기가 넘쳐서 신나거든. 빠샤빠샤! 스트레스도

풀리고.”
철이는 학교에 갈 때에도 그 소리를 들었어요.
“문방구나 슈퍼마켓 앞에 있는 게임기도 재밌거든!”
철이는 함께 가던 송이를 힐끔 돌아보며 말하지요.
“송이야, 잠깐 문방구에 들렀다 갈 테니까 먼저 가.”
“준비물도 없으면서 문방구에는 왜?”
“그건 알 거 없고, 먼저 가라니까!”
“쳇, 게임 하려고 그러지? 엄마한테 다 이를 거야.”
“헤헤, 송이야. 딱 한 게임만 하고 갈게. 응?”
“때리고 치고 차고 고함지르고, 그딴 게 뭐가 좋아?”
송이는 골이 나서 투덜거리며 학교로 가버리지요. 철이가 얼른 게임기 앞에 앉아 동전을 넣으면 겜마가 칭찬해요.
“좋아, 아주 잘했어! 자, 딱 한 게임만 하고 가자고!”
쉬는 시간에도 겜마는 은근히 철이를 꼬드겼어요.
“휴대용 게임기도 재미있는데, 한 대 사달라고 하지?”
철이는 고개를 흔들지요. 보나마나 엄마는 이러실 테니까요.
“컴퓨터 있는데 무슨 게임기야? 한두 푼 하는 것도 아니고!”
겜마는 철이가 새 게임을 익힐 때마다 욕심도 키워주었어요.

지난해, 철이가 4학년이 되었을 때의 일이에요.

어느 날, 수업 끝나고 집에 가는데 한석기가 불렀어요.

"야, 강철! 너, 게임 실력이 제법이라며?"

석기는 한다미의 연년생 오빠인데, 그때 5학년이었어요.

"형이랑 게임한 적도 없는데 어떻게 알아?"

"척 보면 알지. 우리 집에 갈래? 게임도 같이 하고."

철이는 언젠가 친구들이 수군대던 소리가 떠올랐어요.

"석기 형은 PC방에서 고등학교 형들이랑 논대."

"맞아! 석기 형 게임 실력은 동네 형들도 못 당한대!"

수수께끼 같은 소문을 달고 다니던 석기였어요. 그런데 자기 집에 가서 게임을 하자는 거였어요. 철이는 게임을 배우고 싶은 생각에 솔깃해졌지요.

"늦게 들어가면 엄마한테 야단맞는데…."

석기는 주머니에서 얼른 휴대폰을 꺼내주었어요.

"어어… 이런 휴대폰도 있었어?"

석기의 휴대폰을 본 철이는 입이 절로 벌어졌어요.

"이거, 인터넷도 된다면서? 게임도 잘 되겠네?"

석기는 멋쩍게 씩 웃

고는 고개를 끄덕였어요.

"엄마한테 전화해. 다미네 집에서 숙제하고 간다고."

"응? 으, 응… 아, 그러면 되겠구나!"

엄마는 다미랑 숙제한다는 말에 선선히 승낙해주셨어요.

"엄마 허락 받았으니까 가자, 형!"

"고마워, 철아. 내가 아이스콘 쏠게."

석기는 아이스콘을 두 개 사서 하나를 건넸어요.

"철이 넌 친구가 많지? 친구들이랑 운동도 잘하고."

"맞아! 형도 언제 우리랑 축구 한번 하자."

"사실 난 친구가 거의 없어. 컴퓨터 말고는…."

친한 친구 다미네 오빠였지만 처음 듣는 말이었어요.

"엄마 아빠는 아침에 나가면 한밤중에나 들어오시고."

"어, 그래? 아참, 형네 부모님은 맞벌이하시지?"

"부모님은 공부만 잘하래. 학교랑 학원에 잘 다니고."

"우리 부모님도 그러셔. 어른들은 다 똑같잖아, 형."

얘기를 나누다보니 석기한테서 외로움이 느껴졌어요.

"부모님은 다미도 있는데 나한테 지나친 기대를 걸거든."

"다미한테 들었는데, 형이 삼대독자 외아들이라면서?"

석기는 쓸쓸한 표정으로 고개를 끄덕였어요.

"그래서 난 공부 잘하고 착하고 훌륭한 사람이 돼야 해."

그런 부담이 버거울 때면 게임에 빠져들곤 한다는 거

예요. 그러다 PC방에도 드나들면서 동네 겜짱이 되었
고요. 그런데 이번에는 PC방과 겜짱이 부담이 되었어
요. 부모님이 두 가지 다 몹시 싫어한다는 걸 알거든요.
  "이래저래 답답할 때는 귓가에서 이상한 소리가 들려."
  "혹시 딱 한 게임만 더하자고 꼬드기는 소리 아냐?"
  "어어, 그래! 근데 철이 네가 그걸 어떻게 아니?"
  "나도 가끔 그런 유혹의 소리에 게임을 하거든."
  석기는 철이 손을 잡고 반가운 표정을 지었어요. 두
사람은 그게 겜마의 함정이라는 건 몰랐어요. 철이는
문득 석기가 안쓰럽다는 생각이 들었어요.
  "너랑 친하게 지내고 싶어, 철이야….""
  석기는 잠시 나란히 걷다가 철이의 손을 잡았어요.
두 사람은 앞으로 친하게 지내자고 굳은 약속을 했어요.
  그날 철이는 오후 내내 석기 방에서 놀았어요. 재미
있게 노느라고 다미가 집에 있는지도 몰랐어요.
  석기 방에는 그야말로 없는 게 없었답니다. 방 한쪽
벽 책장에는 온갖 책으로 가득했어요. 세계 명작, 위인
전, 학습 서적, 명작동화 등등 주로 시리즈나 전집들이
었어요. 또 다른 벽에는 클래식 음악과 명작영화 CD,
게임 DVD로 가득한 장식장이 보였어요. 말로만 듣던
삼국지 시리즈, 대항해, 창세기전 같은 PC게임 CD와
각종 액션게임 DVD는 철이를 한동안 꼼짝 못하게 만

들었답니다.

뿐만 아니라, 컴퓨터와 비디오 게임기를 비롯한 텔레비전 같은 가전제품이 다 마련되어 있었어요. 컴퓨터에는 프린터, 스피커, 카메라 등 주변기기가 완벽하게 갖춰져 있었고요.

"우와! 이게 다 형 거야? 다미 방이랑 영 딴판이잖아?"

철이가 둘러보면서 놀라자 석기가 피식 웃었어요.

"부모님의 기대를 독차지한 삼대독자 외아들이잖아!"

그게 전부 상과 벌로 받은 거라는 설명이었어요.

"상으로 받았다는 건 알겠는데, 벌로 받은 건 뭐야?"

"잘했다고 내가 원하는 걸 사주면 상이지? 잘못해서 야단맞은 뒤에 다시는 안 그런다고 약속을 하면 또 사주거든? 그게 벌로 받는 거지, 뭐."

철이는 어이없는 표정으로 석기를 쳐다봤어요. 부모님은 석기가 필요하다면 뭐든지 사준다는 거예요. 철이는 문득 생각난 듯이 책장의 책들을 가리켰어요.

"공부 잘하고 착한 사람이 되라면서 사준 책들이겠네?"

"히히, 맞아! 근데 다 읽은 건 거의 없어."

"책 안 좋아해? 나 같으면 정신없이 읽어댔을 텐데."

"전집이니 시리즈니, 무더기로 사주면 그냥 질리거든."

둘은 간식을 먹으면서 숙제부터 얼른 해치웠어요. 그리고 비디오 게임기와 PC게임에 빠져들었답니다.

비디오 게임기를 벽에 걸린 대형 텔레비전에 연결했어요. 그러자 대형 화면에서 펼쳐지는 액션게임은 문방구 게임과는 비교도 안 되었어요. 문방구 게임이 만화책 같다면, 벽걸이 텔레비전 모니터로 즐기는 게임은 직접 캐릭터가 되어 액션을 펼치는 착각이 들 정도였거든요.

"정말 환상적이다, 형. 이젠 문방구 게임은 못하겠어."

"좀 크게 놀아보라고. 꼬마들처럼 문방구 게임이 뭐냐?"

"안 그래도 그럴 작정이야, 형!"

"액션은 그만하고 PC게임 한번 해볼래?"

"으아, 신난다!"

석기는 장식장에서 삼국지 시리즈를 찾아왔어요.

"워밍업(준비운동)으로 이걸 한번 해보자."

퍼즐게임이나 액션게임은 좀 해봐서 새로운 게임을 만나도 금방 익숙해졌어요. 연습을 통해 관찰력과 민첩성을 기르면 즐겁게 놀 수 있었으니까요. 하지만 이날 처음 해본 PC게임은 퍼즐이나 액션과는 많이 달랐어요. 재빠른 손놀림은 기본이고 상황판단이 빨라야 했거든요.

"어어, 형! 이거 생각보다 어려운데?"

"걱정할 거 없어. 게임에서 펼쳐지는 전투라든가 상황판단을 잘하면 금방 익숙해질 거야. 나름대로 전략을 세워서 겨루는 시뮬레이션게임이거든.”

“전혀 새로운 게임의 세계에 들어온 거 같아.”

엄마가 전화를 할 때까지 시간 가는 줄도 몰랐어요. 결국 학원 시간에 쫓겨 아쉽게 일어나야 했답니다. 석기는 삼국지 시리즈를 철이 가방에 넣어주었어요.

“난 요즘 별로 안 하니까 집에 가서 해봐.”

“빌려주는 거야? 고마워, 석기 형.”

“혹시 네 컴퓨터가 힘겨워할지 모르겠다.”

“그래? 뭐, 일단 한번 가져가서 해볼게.”

“잘 안 되면 우리 집에 와서 같이 놀면 되지, 뭐.”

철이가 일어서자 석기도 학원에 간다면서 나섰어요.

“근데 형, 정말로 PC방에서 고등학교 형들이랑 게임해?”

철이가 궁금한 얼굴로 묻자 석기가 고개를 끄덕였어요.

“공부는 점점 지겨워지고 학교에도 가기 싫어져. 하루 종일 게임만 하고 싶은데, 프로게이머나 될까봐. 인기도 짱이고 돈도 빵빵하게 번다잖아?”

“게임 좀 한다고 아무나 프로게이머로 성공하나, 뭐?”

“안 되면 PC방 차리지. 돈도 벌고 게임도 실컷 하게.”

“꿈은 밝고 크게 가질수록 좋대, 형. 내일 보자!”

철이는 갈림길에서 석기와 헤어져 집으로 향했어요. 건널목에서 신호를 기다리다 무심코 고개를 돌렸어요.

석기가 길가의 한 4층 건물로 들어가는 게 보였어요.

“석기 형 학원은 찻길을 건너서 더 가야되는데?”

건물을 훑어봐도 학원 간판은 보이지 않았어요. 그런데 4층에 커다란 PC방 간판이 눈에 들어왔어요.

“학원에 간다면서 PC방에서 마음 놓고 게임을 하다니….”

그때 귓가에서 귀에 익은 유혹의 소리가 들려왔어요.

“너 PC방에 한 번도 안 가봤지? 가서 딱 한 게임만 하자."

“학원 갈 시간 다 되었는데, 엄마한테 혼난단 말이야.”

“딱 한 게임인데 뭘? 천 원만 있으면 돼!”

철이도 석기가 있을 때 PC방에 가보고 싶었어요. 하지만 마침 파란 신호등이 들어와서 달음질쳐 건넜어요.

“조금만 놀고 좀 일찍 오지 그랬니?”

엄마가 아파트 입구에서 학원 가방을 내밀었어요. 학원 갈 시간에 맞춰 엄마가 내려와 기다리신 거예요.

“숙제하고 놀다보니까 조금 늦었어요, 엄마.”

철이는 책가방을 벗어서 엄마한테 주면서 둘러댔어요.

“시간가는 줄 몰랐다 이건데, 보나마나 게임 했구나?”

엄마가 철이 눈을 들여다보면서 빙그레 웃었어요.

“우와! 어떻게 아셨어요?”

“손오공이 뛰어 보았자 부처님 손바닥 안이지.”

“충성! 손오공은 학원에 다녀오겠습니다, 부처님!”
“간식도 안 먹고 배고플 텐데, 가다가 뭐 좀 사먹을래?”
엄마는 주머니에서 천 원 짜리 한 장을 꺼내 줬어요.
“석기 형, 아니 다미네 집에서 간식 먹었어요.”
달려가던 철이는 깜짝 놀라면서 발을 멈추었어요. 뭘 잊었는지 되짚어 엄마를 향해 달려왔어요.
석기가 부모님 얘기를 할 때 엄마 아빠 생각이 났어요. 집에서 기다릴 엄마와 회사에서 바쁘게 일하실 아빠…. 더불어 항상 따뜻한 눈길로 지켜봐 주시는 할아버지까지. 석기의 부모님과 자꾸만 비교되면서 보고 싶어졌어요.
집에 오면 엄마한테 사랑한다는 말씀을 드리려고 했지요. 그런데 깜빡 잊고 학원으로 달려갈 뻔했지 뭐예요.
엄마는 철이가 천 원짜리를 가지러 오는 줄 알았어

요. 철이는 돈은 쳐다보지도 않고 엄마 품으로 뛰어들었어요.
“어머, 깜짝이야! 아니, 애가….”
엄마를 끌어안은 철이는 숨을 깊이 들이마셨어요.
“흠흠, 우리 엄마 냄새 참 좋다! 사랑해요, 엄마!”

엄마는 품안을 벗어나려던 철이를 얼른 붙잡았어요.
그리고 철이를 가슴에 꼭 안고 다정하게 말했답니다.
"엄마도 사랑해, 착한 아들!"
철이는 발걸음도 가볍게 바람처럼 학원으로 달렸어요.
"이렇게 나를 사랑해주는 엄마를 실망시켜드릴 순
없어. 만약에 그런 일을 저지른다면, 나 자신을 용서할
수 없을 거야. 난 우리 엄마, 우리 아빠, 우리 할아버
지, 내 동생 송이를 사랑하는 내가 자랑스럽거든!"
순간 끈질기게 따라붙던 겜마가 저만큼 나가떨어졌어요.
"으으, 한석기를 담당한 겜마처럼 성공하고 싶었는데."
그 대신 탱자나무도깨비가 으스대면서 소리쳤지요.
"강철이는 의지력이 강철같은 아이니까 꿈도 꾸지 마!"
물론 철이는 겜마와 도깨비의 움직임을 전혀 몰랐어요.
철이는 아까 석기가 들어간 PC방 건물을 쳐다봤어요.
고백하자면, 철이는 오늘 석기가 부럽기도 했어요.
그 많은 책과 영화와 만화와 게임CD, 여러 가지 게임
기, 최신형 컴퓨터와 주변기기, 성적과 상관없이 원하
는 건 다 사주는 부모님, PC방까지 멋대로 드나들면서
어른들 간섭 없이 맘대로 즐기는 게임….
부럽기는 했지만, 죄다 마음에 걸리는 일들이었어요.
솔직히 말하자면, 엄마 아빠가 석기 부모님 같지 않아
서 얼마나 다행스러운지 몰랐어요. 하지만 한편으로는

그분들이 바로 다미의 부모님이라는 사실이 정말 안타
까웠어요. 다미는 둘도 없는 친구였거든요. 그런데 석
기와 친하게 지내자는 약속을 했으니, 그게 계속 마음
에 걸렸어요.

　"아무리 좋게 생각해도 이건 옳지 않아!"

　"어머? 뭐가 옳지 않다는 거야?"

　혼자 중얼거리던 철이는 깜짝 놀라 돌아봤어요. 다미
가 학원 교실 옆자리에 앉으면서 쳐다봤어요.

　"어어… 다미야. 언제 왔어?"

　철이는 얼른 생각을 돌리면서 가방에서 책을 꺼냈어요.

　"무슨 생각을 그렇게 골똘히 한 거야? 불러도 못 듣고."

　"그랬어? 미안해. 뭐 좀 생각하느라고…."

　"아까 우리 오빠랑 놀았지? 게임 했니?"

　"그래, 근데 왜 아는 척 안 했어?"

　"오빠는 누가 있을 때 방에 들어가는 걸 싫어하거든."

　둘의 이야기는 학원 선생님이 들어오면서 끊어졌어요.

　학원 수업이 끝날 때까지 철이는 계속 혼란스러웠어
요. 철이가 본 석기는 친구가 컴퓨터와 게임뿐이었어
요. 학교에서 돌아오면 저녁 늦게까지 홀로 지낸다고
했어요. 엄마가 그 시간에 맞춰 남매의 학원을 등록해
주셨지요.

　하지만 석기는 학원에 다닐 필요성을 못 느꼈어요. 성

적은 상위권이고 특별히 처지는 과목도 없었거든요. 엄마의 간섭과 잔소리가 싫어서 학원에 가기는 했어요. 요즘은 학원보다는 PC방에 가는 날짜가 더 많아졌어요.

철이는 집에 가서야 석기가 성실하지 못함을 알았어요. 그제야 친하게 지내자고 약속한 게 후회되기 시작했어요. 그렇지만 하루도 지나지 않아 약속을 깰 수는 없었어요.

철이를 혼란스럽게 하는 이유가 바로 여기에 있었어요.

"학원 선생님께 칭찬 들었으니까 떡볶이 쏠게."

학원 끝나고 집으로 가는데 다미가 말했어요.

"어어, 칭찬이라고? 무슨 칭찬?"

다미는 새치름한 표정으로 철이를 흘겨봤어요.

"철이 너 오늘 왜 이러는 거야?"

"내가 뭘….."

"학원에서도 정신은 계속 딴 데 가 있었단 말이야."

"어… 내가 그랬어? 미안해, 다미야."

"떡볶이 먹을 거야, 말 거야?"

"떡볶이? 웬… 떡볶이?"

"어휴! 내가 떡볶이 쏜다니까!"

"아, 그 떡볶이? 먹어야지, 당연히….."

철이는 학원 수업시간 내내 석기 문제로 고민했어요. 그러다 보니 다미가 선생님한테 칭찬 듣는 걸 놓쳤어요.

학원 골목 분식집 앞에서 철이는 문득 발을 멈추었어요. 분식집 옆 슈퍼마켓 앞의 게임기 두 대 때문이었지요. 다미가 돌아보면서 물었어요.

"왜? 게임 한 번 하고 싶어서?"

"꼬마들처럼 무슨⋯. 저거 끊은 지 오래 됐어."

석기가 하던 말이 생각나서 철이는 거짓말을 했어요. 얼른 분식집 출입문을 밀면서 다미를 들어가게 했지요.

"오랜만에 와서 더 내왔다. 많이들 먹어라."

분식집 아줌마가 접시에 떡볶이를 수북하게 내왔어요.

"고맙습니다. 잘 먹겠습니다."

다미는 상냥하게 인사하고 포크를 들었어요.

철이도 떡볶이를 먹기 시작하면서 물었어요.

"어젠 백점 받았다고 엄마한테 칭찬 좀 들었겠네?"

"응, 많이 좋아하셨어. 요즘 성적이 오르고 있거든."

"성적 올랐으니 부모님께 좋은 선물도 받았겠네?"

"외아들 오빠나 그렇지, 난 성적 올라도 말 뿐이야."

철이와 다미는 유치원 때부터 계속 같은 반이었어요. 둘은 친구들이 클래스 커플이라고 놀릴 정도로 친했어요.

"왜 어른들은 백점에만 매달릴까? 난 어제 겨우 두 개 틀렸는데, 엄만 틀린 것만 갖고 잔소리를 하시는 거야. 왜 좀 더 노력하지 않느냐고."

철이가 부루퉁해져서 퉁명스럽게 말했어요.

“어른들은 다 그러시잖아. 우리 엄마 아빠도 그래.”
“백점 말고 칭찬 받을 것도 많은데….”
“뭐? 게임?”
망설임 없는 되물음에, 철이는 다미를 힐끔 흘겼어요. 철이는 다미가 칭찬 받을 게 뭐냐고 묻기를 기대했거든요.
“축구랑 농구랑 글쓰기도 잘하고, 난 친구도 많아!”
이렇게 대답하려고 했는데 기분이 내려앉고 말았어요. 물론 다미 말대로 철이는 게임도 좋아해요. 세상에서 제일 재미난 것이 만화랑 게임이니까요.
근데 어른들은 그걸 세상에서 가장 해로운 것으로 취급하셨어요. 만화랑 게임을 좋아하다가는 공부 못하는 낙오자가 된다면서. 마치 어른들은 어린 시절이 없었던 것처럼….
철이가 분식집 벽시계를 쳐다보고는 일어섰어요.
“그만 일어설까? 엄마 시장 갈 시간인데….”
“응? 그래, 알았어….”
다미는 철이 뒤를 따라 분식집을 나섰어요.
“어? 철이 형! 동전 하나만 빌려줄래?”
슈퍼마켓 앞 게임기에 매달려 있던 꼬마가 소리쳤어요. 힐끔 돌아보니 같은 아파트 단지에 사는 태연이었어요. 아마도 동전이 떨어진 모양이었어요.

철이가 주머니에서 백 원짜리를 꺼내주면서 말했어요.

"이것만 놀고 집에 가. 지나다니는 자동차 조심하고."

태연이는 씩 웃으면서 게임기 앞에 앉았어요. 철이를 잘 따르는 태연이는 송이랑 같은 반 친구예요. 다미가 고개를 갸웃하면서 말했어요.

"남자애들은 왜 저런 걸 좋아하는지 모르겠어."

아파트 단지와 주택가로 갈라지는 갈림길에 도착했어요. 철이는 아파트에서 살고 다미는 부근 단독주택에 살아요.

"오늘, 떡볶이 잘 먹었어. 내일 보자."

다미는 더 놀고 싶은데 철이는 손을 들어 보였어요.

"그래, 잘 가. 내일 봐…."

예상대로 엄마는 신발을 벗기도 전에 잔소리를 하셨어요. 학원에서 집에 돌아올 시간이 30분도 넘게 늦어졌거든요.

"어디 갔다 이제 오는 거야? 엄마 시장가야 하는데."

"다미랑 떡볶이 먹고 왔어요. 송이는 어디 갔어요?"

"다미가 시험성적 잘나왔다고 떡볶이 쐈구나? 넌 언제 쏘니?"

"어휴, 엄마! 쏘긴 뭘 쏴요? 얼른 시장에나 다녀오세요."

엄마는 쿡쿡 웃으면서 골을 내는 아들을 힐끔거렸어요.

“송이는 숙제하러 친구 집에 갔다. 뭐 먹고 싶은 거 없니?”

엄마는 현관을 나서면서 슬쩍 화해의 눈길을 던졌어요. 철이도 엄마의 마음을 읽고는 부러 뚱하게 대답했어요.

“전 엄마표 음식은 뭐든 잘 먹습니다. 키도 쑥쑥 크고, 몸도 튼튼해지고, 머리도 영리해진다면서요? 오늘도 기대하겠습니다, 존경하는 어머니!”

“으이그, 못 당해. 내가 여우를 낳았나봐.”

엄마가 시장에 가신 뒤, 문득 석기가 빌려준 게임CD가 생각났어요. 한 대뿐인 컴퓨터는 거실 소파 옆 책상에 있었어요. 철이는 이내 전략 시뮬레이션게임에 흠뻑 빠져들었어요. 석기네 집에서 잠깐 해봤지만, 아직은 게임 운영이나 상황판단이 서툴렀어요. 가르쳐주는 사람도 없고, 스스로 깨우쳐가면서 하다 보니 손놀림도 느렸지요.

하지만 새로운 도전은 가슴 두근거리는 기대감을 갖게 하기에 충분했어요. 게임 구성내용을 알아가면서 더 나은 운영을 할 때마다 짜릿한 성취감도 안겨주었어요. 게다가 겜마가 계속 칭찬하면서 기분을 북돋아주었거든요.

“어머, 못 보던 거네? 무슨 게임이야, 오빠?”

철이는 송이가 들어오는 것도 모르고 게임을 했어요.

"재밌겠다! 나도 가르쳐 줘, 오빠! 응?"

송이가 식탁 의자를 끌고 와서 곁에 앉으려고 했어요.

"방해되니까 저리 가! 삼국지도 안 읽어봤으면서…."

"오빠, 이게 삼국지 게임이야?"

"아참, 집중할 수가 없잖아. 저리 좀 가라, 응?"

"어머머? 이게 오빠 개인 컴퓨터야? 내 거도 되고, 아빠 거도 되고, 엄마 거도 되고, 할아버지 거도 되고, 또…."

"으아, 송이야! 너 정말 자꾸 이럴래?"

"왜 만날 컴퓨터는 오빠 혼자만 하냐고!"

티격태격하는데 엄마가 시장에서 돌아오셨어요. 송이가 쪼르르 달려가서 게임 얘기를 고해바쳤어요.

"삼국지를 게임으로 만든 거야? 그거 재미있겠는데?"

엄마는 '삼국지연의'를 떠올리면서 무심코 말했어요. '삼국지연의'는 흔히 '삼국지'라는 장편역사소설이에요.

"엄마도 학교 다닐 때 삼국지를 읽은 적이 있는데…."

엄마는 송이와 나란히 서서 모니터를 들여다봤어요. 잠시 지켜보던 엄마는 머리를 설레설레 흔들었어요.

"직접 군대를 만들어서 전투를 벌여 상대를 제압하는 거니? 세상에! 단번에 끝나는 퍼즐게임이나 액션게임이랑은 사뭇 다르구나? 난 하라고 해도 못하겠다,

애. 복잡하고 시간도 많이 걸려서…. 근데 이거 어디서
난 거니?"

"석기 형이 빌려줬어요."

"다미 오빠는 게임을 잘하는 모양이구나?"

"게임도 잘하고요, 석기 형 방에는 대형 화면에 연결
한 비디오게임기도 있고요, DVD도 엄청 많아요! 컴퓨
터랑 주변기기도 빵빵해서요, 게임 할 때 시원시원하게
운영되고, 3D 입체음향까지 되니까 되게 실감나요."

철이는 모니터에서 눈을 떼지 않은 채 계속 말했어요.

"우리 컴퓨터는 너무나 후져서 삼국지 게임도 속 시
원하게 운영할 수가 없어요. 느려 터지고 답답하고, 석
기 형네 컴퓨터를 생각하면 쪽팔리고…."

저도 모르게 엄마 앞에서 속된 말이 터져 나왔어요.
송이와 엄마는 놀라서 멍하니 철이를 바라보았지요.

"헤헤, 우리도 새 컴퓨터로 바꾸면 안 될까요?"

"강철!"

엄마가 짧고 단호하게 부르는 바람에 흠칫 놀랐어요.

"아무리 하찮은 물건일지라도 어떻게 하라고?"

"소중하고 귀하게 생각하라는 것이 우리 집안의 가
르침이에요. 하지만 엄마, 소중하고 귀한 우리 컴퓨터
는 제가 초등학교 1학년 때 샀잖아요."

"그래, 네가 4학년이니까 햇수로 4년밖에 안 됐다.

아빠는 네가 태어나기도 전에 산 차를 아직도 타고 다
니시거든?"

"엄마도 참, 컴퓨터랑 차를 어떻게 비교해요?"

"그래서요, 아드님? 요점이 뭐지요?"

엄마의 목소리며 말이 사뭇 꼬이기 시작했어요. 철이
말에 찬성할 수 없다는 엄마 특유의 표현이에요.

"전 고학년이니까 인터넷 검색도 송이랑은 달라요.
게임도 친구들은 PC게임이나 온라인게임을 하는데, 전
아직도 퍼즐게임이나 액션게임이라고요."

"일 못하는 목수가 연장 탓한단다. 어머, 저녁 늦겠네?"

엄마는 벽시계를 쳐다보면서 부엌으로 가셨어요.

"컴퓨터 문제는 이따 아빠 들어오시면 다시 의논하
고, 게임은 여기서 적당히 끝내라. 벌써 한 시간 이상
했잖아?"

"알았어요, 엄마…."

대답을 했지만, 한 시간으로는 턱없는 게임이었어요.
퍼즐게임이나 액션게임은 하다가 실패하면 게임오버
(Game Over)로 규정한 시간이 끝나지요. 그래서 한
시간에 몇 번을 즐길 수도 있고, 짧은 시간에 한두 번
머리를 식히고 끝내기도 쉬워요.

그날 처음 해본 전략 시뮬레이션게임은 전혀 달랐어
요. 적군과 아군이 서로 전쟁을 벌이는 상황이 펼쳐지

거든요. 게임을 하는 사람은 직접 아군의 지휘관이 되어서, 전투를 승리로 이끌기 위한 여러 가지 전략을 펼치고요.

"어휴, 이거 정말 시간 가는 줄 모르겠네."

철이는 아쉽지만 일단 게임을 끝냈어요. 송이가 만화영화 본다면서 텔레비전을 켰어요. 송이 옆에 앉았지만 만화영화가 눈에 들어오지 않았어요. 석기와 한 약속이 또다시 떠올랐거든요.

"놀이터에서 바람 좀 쐬고 올게요, 엄마."

"그럴래? 들어올 때 할아버지도 모시고 오너라."

"네…."

할아버지라는 말에 철이 눈이 반짝 빛났어요. 할아버지라면 고민을 해결해 주실 거라는 생각이 든 거예요.

"내가 왜 여태 할아버지 생각을 못했지?"

아파트 노인정은 놀이터 바로 옆에 있었어요.

"철이 형!"

놀이터에서 인라인스케이트를 타던 태연이가 달려왔어요. 미끄러지듯 능숙하게 다가오더니 백 원짜리를 내밀었어요.

"아까 빌린 돈 갚는 거야! 근데 어디 가, 형?"

"노인정에 할아버지 모시러."

"응, 그렇구나. 근데, 형. 석기 형이랑 잘 알지?"

"내 친구 다미네 오빠잖아. 근데 석기 형은 어떻게 아니?"

"동네 겜짱이잖아! 나 좀 소개해주라, 형."

태연이는 자못 진지하게 부탁하는 표정이었어요.

"왜, 겜짱한테 사인 받으려고?"

"게임 좀 배우게. 나도 이담에 겜짱 될 거거든."

"알았어. 그렇지만 너무 게임에만 빠지면 안 된다."

석기가 동네 꼬마들한테까지 유명한 줄은 몰랐지요. 태연이는 다시 또래들이랑 인라인스케이트를 탔어요. 노인정에 들어가려다가 잠시 그 모습을 지켜봤어요.

"녀석, 언제 배웠는지 잘 타네? 난 아직 안 타봤는데…."

철이는 마침 노인정에서 나오시던 할아버지를 만났어요. 할아버지는 집에 들어가려던 참이라고 말씀하셨어요.

"너희들 좋아하는 만화 할 시간인데, 어쩐 일이냐?"

"저어, 할아버지께 의논드릴 일이 있어서요."

할아버지는 철이 표정을 살피더니 고개를 끄덕이셨어요.

"저녁 먹기는 이른 시간이니 저쪽 벤치에 좀 앉을까?"

할아버지는 철이 손을 잡고 산책로 벤치로 갔어요.

할아버지는 철이의 고민상담 선생님이기도 합니다. 어떤 고민이라도 털어놓으면 지혜로운 길을 가르쳐주 시지요. 그래서 부모님과 의논하기 어려운 문제는 할아 버지께 말씀드렸어요.

“오늘 석기 형이랑 친하게 지내기로 약속했어요.”

철이는 오늘 느낀 석기에 대해 자세히 말씀드렸어요. 그런 뒤에 오후 내내 고민하던 내용을 여쭈었지요.

“어른들도 그런 석기 형과 친하게 사귀면 싫어하시겠죠?”

할아버지는 철이 얘기를 끝까지 귀 기울여 들어주셨어요.

“음, 그런 일이 있었구나. 우리 철이가 약속을 소중하게 생각하는 모습을 보니 할아버지 기분이 참 좋구나. 뿐만 아니라, 혹시 걱정할지 모를 어른들까지 생각하는 넓은 마음을 보니 할아버지가 아주 든든하다.”

“칭찬하시는 거죠, 할아버지?”

“그래, 넌 아주 잘하고 있으니 걱정할 것 없다.”

할아버지는 철이의 등을 토닥여주면서 웃으셨어요.

“혹시 조선시대의 큰 학자 율곡 이이라는 분을 아니?”

“예, 할아버지. 학교에서도 배웠고, 위인전에서도 읽었어요. 외적을 막기 위해 국방을 튼튼히 해야 한다는 십만양병설을 주장하신 분이죠?”

“아주 정확하게 알고 있구나. 그 율곡 선생에게….”

어느 날, 이유경이라는 무관(군인)이 찾아와 물었답니다.

“선생님, 저에게 오랫동안 한 스승 밑에서 배우며 친히 지낸 벗이 있습니다. 그런데 그가 어떤 잘못을 저질러서 친구들로부터 따돌림을 당하고 있습니다. 비록 허물은 있지만, 저는 그에게 남다른 우정을 느끼고 있습니다. 이럴 때 저는 그를 어떻게 대해야 옳습니까?”

이유경의 말을 들은 율곡 선생은 이렇게 대답했답니다.

“그것은 그의 태도에 달렸다. 그가 뉘우치는 기색 없이 계속 함부로 행동한다면, 설령 지난날의 우정이 깊더라도 어찌 벗으로 사귈 수 있겠는가? 그러나 그가 자신의 잘못을 뉘우친다면, 조용히 만나서 간절한 말로 타일러 다시는 그런 실수가 없도록 해야 한다. 그것이 친구의 도리다.”

할아버지는 이야기를 마치고 철이를 바라보셨어요. 혼란스럽던 마음이 비로소 차분해지는 것 같았어요.

“고맙습니다, 할아버지! 이제 제가 할 일을 알았어요.”

“그래? 우리 철이가 벌써 철이 들었네? 허허….”

할아버지는 철이 어깨를 감싸면서 흐뭇해 하셨어요.

저녁식사 때 철이는 오늘 만난 석기 얘기를 했어요. 우선 긍정적(바람직한)인 면만 간략하게 소개했지요. 서로 친하게 지내기로 약속했다는 말도 덧붙였고요. 엄마는 그 이상 묻지도 않고 쾌활하게 말씀하셨어요.

"언제 한번 집에 데려오렴. 엄마가 맛난 간식 만들어줄게."

"네, 엄마⋯."

엄마는 늘 그랬듯이 철이의 결정을 굳게 믿으셨어요. 할아버지 역시 예상했던 대로 아무 말씀도 하지 않으셨어요. 철이는 어른들께 죄송한 마음이 들었답니다. 물론 거짓말은 하지 않았지만, 석기를 부정적(바람직하지 못한)으로 볼 만한 내용은 말하지 않은 게 마음에 걸렸거든요.

철이는 앞으로 석기와 친하게 지낼 생각이에요. 석기가 외로움을 잊고 친구들과 밝고 활발하게 어울리도록 노력하기로 마음먹었어요. 그때 석기의 올곧은 모습을 보면 엄마도 기뻐하실 거예요.

가족회의는 아빠가 퇴근한 뒤에 열렸어요. 온 가족이 새 컴퓨터 구입에 대한 의견을 나누었답니다.

가족회의에서는 항상 나이순으로 의견 발표를 하지요. 연장자인 할아버지부터가 아니라 연소자인 송이부터예요. 할아버지는 그래야 모든 가족의 의견을 골고루 들을 수 있다고 하셨어요. 어른이 먼저 의견을 내놓으면 손아래 사람은 부담을 느끼고 다른 의견을 내놓지 못할 수도 있다는 것이었지요.

"엄마 아빠 제가 딸이라고 오빠랑 차별하세요?"

느닷없는 송이의 말에 엄마 아빠는 당황했어요.

"단 한 번도 그런 적 없다! 엄마 아빠, 정말…."

"근데 왜 전 아직 컴퓨터를 안 사 주세요?"

"컴퓨터를 철이가 초등학교 입학할 때 산 건 맞지만, 그건 우리 가족이 공동으로 사용하는 컴퓨터잖니? 오빠 혼자만의 것은 아니야."

"말만 공동이지, 오빠 거나 마찬가지잖아요. 숙제도 하고 영어공부도 해야 하는데, 내가 컴퓨터 좀 하려고 하면 오빠 만날 급하대요. 오늘도 친구네 컴퓨터로 숙제했단 말예요."

엄마 아빠가 말없이 서로를 쳐다보셨어요. 서로 어떻게 생각하느냐는 말없는 질문이었지요.

두 분의 생각은 비슷했어요. 우선 컴퓨터를 한 대 더 사자면, 만만치 않은 비용을 마련할 일이 걱정이었지요. 또 남매가 컴퓨터 한 대씩을 차지하게 되면, 컴퓨터 앞에 앉아 있는 시간이 길어질 테니 그것도 걱정이었어요.

잠시 후에 엄마가 그런 사정과 생각을 털어놨어요.

이번에는 철이와 송이가 말없이 서로를 쳐다봤어요. 역시 어떻게 생각하느냐는 남매의 말없는 질문이었지요.

철이가 송이 귓가에 대고 뭔가를 속닥거렸어요. 송이는 잠시 눈을 깜박이면서 생각해보더니 말했어요.

"지금 컴퓨터는 저한테 주고, 가족공동용으로 새롭게 업그레이드된 컴퓨터를 한 대 구입했으면 좋겠어요. 컴퓨터 사용시간은 저희들이 스스로 엄격하게 지킬 테니까 걱정하지 마세요. 또 저희들도 그동안 저축한 돈을 컴퓨터 구입비용에 보태겠습니다."

잠자코 계시던 할아버지도 의견을 내놓으셨어요.

"결론이 새 컴퓨터를 사기로 정해지면 나도 용돈을 아껴서 비용을 좀 보태주마. 그 대신 철이와 송이한테는 조건이 있다."

"조건이라니요, 할아버지? 어려운 거예요?"

철이가 반가우면서도 걱정스런 표정으로 물었어요.

"어렵다면 어렵겠지만, 너희들에게 유익한 조건이다."

"그게 뭔데요, 할아버지?"

송이가 할아버지 곁으로 다가앉으면서 팔짱을 끼었어요. 좀 쉬운 조건이면 좋겠다는 애교였지요. 할아버지가 송이를 돌아보면서 빙그레 웃으셨어요.

"송이는 영어 동화 한편 외우고, 철이는 '삼국지연

의’ 전집을 다 읽기! 자기 컴퓨터를 갖게 되는데 그만
한 노력은 필요하지 않겠니?”
　“그거 아주 좋은 조건입니다!”
　남매는 울상인데 엄마 아빠는 박수를 치셨어요. 그런
데 아빠가 한 가지 더 조건을 내걸었답니다.
　“공부도 좋지만 건강도 중요하다. 아직 익히지 못한
운동 한 가지씩을 배우도록 해라. 영어 동화를 외우고
삼국지를 읽으면서 운동을 익히는 동안 엄마 아빠는
비용을 마련하는 거야. 어떠냐?”
　철이와 송이는 어깨를 늘어뜨리면서 한숨을 내쉬었어요.
　“어휴! 컴퓨터 갖기 어렵다.”
　결국 새 컴퓨터를 한 대 사기로 결정했답니다. 철이
와 송이가 어른들이 내건 조건을 받아들인 거예요.
　운동은 그 무렵 아파트 놀이터에서 아이들이 많이 타
던 인라인스케이트로 결정했어요. 그날 해질 무렵에 놀
이터에서 본 태연이가 떠올라서 철이가 송이한테 제안
했고, 송이도 좋다고 찬성한 것이지요.
　다음날부터 남매는 컴퓨터 갖기 미션 실행에 들어갔
어요. 송이는 아빠가 사다준 영어판 안데르센 동화 한
편을 외우고, 철이는 할아버지가 읽으시던 다섯 권짜리
‘삼국지연의’ 를 읽기 시작했답니다.
　엄마는 남매의 발에 맞는 인라인스케이트를 사주셨어

요. 남매는 날마다 학원에 다녀온 뒤에 놀이터로 나가서 인라인스케이트를 배웠어요. 코치는 태연이가 맡았어요. 수업료는 인라인스케이트를 다 배운 뒤에 석기를 만나게 해주는 것으로 대신했지요.

남매의 미션은 한 달 만에 끝났답니다. 개인 컴퓨터가 걸린 미션이라 열심히 노력한 결과였지요. 좀 고생스럽기는 했지만, 참 보람 있는 미션이었어요. 송이는 동화를 외우면서 영어실력이 부쩍 향상되었거든요. 철이는 삼국지연의 통독으로 삼국지 게임 실력이 늘었고요.

하지만 새 컴퓨터는 올해 철이 생일날에야 받았어요. 엄마 아빠가 컴퓨터 구입비용을 마련하느라 늦어진 거예요. 철이는 생일날 컴퓨터를 친구들한테 자랑하고 싶었어요. 파티에 온 친구들이랑 함께 게임도 해보고 싶었지요.

그런데 다미와 석기를 비롯한 친구들이 생일을 축하해주러 온 오후까지 컴퓨터는 오지 않았어요. 친구들이 엄마가 준비해준 생일파티 음식을 맛나게 먹고 돌아간 뒤에도 컴퓨터 소식은 없었어요.

"도대체 컴퓨터는 언제 와요, 엄마?"

"아빠가 배달직원이랑 함께 오신다고 했으니 기다려보자."

"에이, 친구들이랑 새 게임을 한번 해보려고 했는

데….”

아빠와 컴퓨터 배달 아저씨는 저녁식사 후에야 도착했어요. 배달직원은 거실에 컴퓨터를 설치해주고 돌아갔지요. 내내 뚱한 얼굴로 지켜보던 철이가 불만스럽게 투덜거렸어요.

“생일선물 안 사주려고 이제야 컴퓨터를 들여온 거죠?”

엄마가 눈을 동그랗게 뜨고 아빠를 쳐다보셨어요. 그러자 아빠가 심각한 표정으로 엄마에게 말했어요.

“여보, 당장 컴퓨터 반송시키고 생일선물 사러 갑시다.”

“그래요. 우리 아들 선물이 먼저지 컴퓨터가 중요해요?”

갑자기 아빠가 컴퓨터를 철거할 준비를 했어요. 엄마도 짐짓 시치미를 떼고 맞장구쳤답니다.

“배달직원이 멀리 못 갔을 테니까 제가 전화할게요.”

엄마가 전화기를 들고 컴퓨터 배달직원 명함을 들었어요. 깜짝 놀란 철이가 엄마 손에서 명함을 빼앗아버렸어요.

“지금 컴퓨터를 반송하면 언제 다시 들여오게요?”

“생일선물부터 사고, 컴퓨터는 돈이 준비되면 내년쯤?”

“내년이면 6학년인데, 생일선물은 됐으니까 그만 두세요!”

철이는 아빠를 밀어내면서 컴퓨터 앞을 가로막았답니다.

엄마 아빠는 못 이기는 척 물러나면서 중얼거렸어요.

“네 생각이 그렇다면 그렇게 하지, 뭐.”

눈치 빠른 송이가 엄마 아빠의 표정을 읽었어요.

“우리 오빠는 오늘도 엄마 아빠한테 판정패라네!”

컴퓨터를 켜던 철이가 깜짝 놀라 고개를 쳐들었어요.

“뭐, 판정패라고? 어휴, 난 왜 이렇게 둔할까?”

엄마 아빠가 참았던 웃음을 터뜨리셨어요. 뒤이어, 언제 준비해뒀는지 식탁에 생일 케이크가 나왔어요. 송이가 케이크에 오빠 나이 숫자대로 초를 꽂았어요. 아빠가 성냥을 그어 촛불을 붙이셨지요.

철이는 비로소 활짝 웃으면서 식탁에 앉았어요. 그리고 부모님을 진심으로 공경하는 자세로 인사를 했어요.

“저를 낳아서 건강하고 슬기롭게 키워주셔서 고맙습니다!”

철이의 인사 뒤에 가족의 생일축하 노래가 이어졌어요. 철이가 촛불을 힘차게 끄자 가족은 짝짝짝 박수를 쳤어요.

“생일 축하한다, 강철!”

“할아버지, 엄마 아빠, 고맙습니다! 송이도 고마워!”

이렇게 해서 철이는 새 컴퓨터를 갖게 되었답니다. 송이도 컴퓨터를 두고 오빠랑 다툴 일이 없어졌지요. 송이가 물려받은 컴퓨터는 아직도 부족함이 없었어요. 송이는 컴퓨터 게임을 거의 하지 않았거든요.

“오빠는 이렇게 빵빵한 컴퓨터를 왜 느리다고 했어?”

“석기 형네 컴퓨터랑 비교하면 얘는 굼벵이야.”

“괜히 굼벵이라고 놀리지 마. 내 친구 자존심 상하니까.”

송이는 자기 컴퓨터를 끌어안으면서 눈을 흘겼어요.

한밤중의 달걀귀신 소동은 그 얼마 후에 일어났더랍니다.

4. 게임중독은 정말 무서워

여름방학이 끝난 지 엊그제 같은데 벌써 가을입니다. 플라타너스의 넓은 잎들이 너푼너푼 떨어지고 있었어요. 스산한 바람이 운동장을 맴돌며 그 낙엽을 굴립니다.

"지각은 가끔 했어도 말없이 결석한 적은 없었거든."

철이는 창밖을 내다보면서 다미가 하던 말을 떠올렸어요.

"선생님이 오빠가 며칠째 결석했다고 어제 전화를 하셨어."

다미는 부모님이 몹시 화를 내셨다면서 걱정했어요.

철이는 지난 여름방학 때 석기와 자주 만났어요. 석기는 점점 인터넷게임에 깊이 빠져들고 있었어요. 석기네 집으로, PC방으로 다니면서 함께 게임을 했어요. 철이는 어떻게든 석기를 일깨워주고 싶었거든요.

게임중독에서 석기를 끌어내는 일은 실패했어요. 오히려 물귀신처럼 철이를 붙잡고 늘어지는 것이었어요. 철이와 함께 게임의 세계로 들어가려 한 것이지요. 철이는 게임 실력은 늘었지만 게임세계에 빠지진 않았어요.

"크크크, 난 아직 철이 너를 포기하지 않았거든."

갑자기 운동장 쪽 유리창에 겜마의 얼굴이 비쳤어요. 전에는 마음의 소리처럼 귓가에서 속삭이기만 했어요. 그런데 석기랑 어울리는 동안 겜마가 모습을 나타냈어요.

용의 얼굴을 닮은 44번 이무기 겜마가 부드럽게 말

했어요.

"졸리는구나? 자고 싶으면 석기 걱정 그만하고 한숨 자."

철이는 눈꺼풀이 무거워지면서 꾸벅꾸벅 졸았어요.

"내가 널 근심걱정 없는 게임의 세계로 데려다 줄게!"

댄스가수로 변신한 겜마가 건들건들 춤을 추며 노래
했어요.

"겜마는 뭐든지 짱이야. 게임도, 댄스도, 랩도!"

철이는 겜마의 춤과 노래에 이끌리기 시작했어요.

"날 숭배해! 날 존경해! 난 게임 마귀 겜마야야야!
한반도를 지배할 때까지, 너의 뇌가 텅 빌 때까지!
신나는 게임에 빠지게 해줄게, 나만 따라와와와!
상상해봐, 게임이 지배하는 세상을! 신나지 않니?
시간만 있으면 돼! 어른들은 걱정 마마마!

먹고 자는 거 필요 없어, 학교 학원도 필요 없어!
공부도 숙제도 잊어버려, 어른들 잔소리도 굿바이!
그런 거 저런 거 다 필요 없어, 빵빵한 재미뿐이야!
나만 따라와, 신나게 해줄게! 너의 뇌가 텅 빌 때까지!"
껨마의 노래는 철이를 새로운 게임의 세계로 이끌었어요.
　"야호! 새로운 게임은 언제나 가슴 두근거리는 도전
이야!"
　키보드를 끌어당기는데 모니터에 잔소리꾼들이 등장
했어요.
　"뭐야? 잔소리꾼들과 겨루는 전략 시뮬레이션게임이야?"
　엄마 전사가 드르륵 잔소리 총탄을 퍼붓기 시작했어요.
　"철이야, 얼른 후딱 빨랑 일어나지 못하니?"
　"철이야, 엄마표 음식은 가리지 말고 골고루 먹으랬지?"
　"철이야, 또 피자 치킨 햄버거 타령이냐? 뚱보 될래?"
　"철이야, 학교 갔다 왔으면 학원 갈 준비해야지!"
　"철이야, 학원 갔다 왔니? 놀이터? 숙제는 언제 할래?"
　"철이야, 엄마 친구 아들은 또 올백 받았다더라!"
　"철이야, 할 일 다 했으면 예습복습 해야지 게임을 해?"
　"철이야, 게임 좀 그만해라! 벌써 몇 시간째냐?"
　"철이야, 너 지금 게임 하는 거 아니지?"
　"철이야, 너 지금 게임 하는 거 맞지?"
　"철이야, 회초리 들기 전에 냉큼 컴퓨터 끄지 못해?"

엄마의 잔소리 공격은 철이를 부글부글 끓게 만들었
어요.

"으아아! 제발 그만 좀 해요, 머리 뚜껑 열리기 전에!"
전투복 차림이 된 겜마가 엄지손가락을 들어 보였어요.
"잘했어, 강철! 게임세계에 엄마 아빠는 필요 없거든."
"근데 댄스가수에서 왜 갑자기 전사로 변신했어?"
"게임세계는 전투야! 오직 승리자만 살아남는 세계지!"
그때 모니터에 잔소리꾼들이 우르르 몰려나왔어요.
엄마, 아빠, 할아버지, 송이, 그리고 선생님까지. 44번
이무기 겜마가 납작 엎드리면서 소리쳤어요.

"공격만이 살아남는 길이다! 내가 엄호해줄게, 강철!"
강철 전사는 용감하게 게임세계 속으로 뛰어들었어
요. 드드드 자동소총, 콰광 수류탄, 푸슝 미사일 공격
까지. 강철은 잔소리꾼 전사를 향해 무차별 공격을 퍼
부었어요. 엄마 전사가 납작 엎드리면서 강철의 공격을
피했어요.

"으윽! 나의 죽음을 아버님께 알리지 마시오, 여보!"
아빠 전사가 총을 맞고 터지는 수류탄을 안으며 죽었
어요. 엄마 전사가 악을 쓰면서 잔소리 총탄을 퍼부어
댔어요.

"아앗, 억울하다! 잔소리꾼 총을 맞다니!"
강철이 쓰러지자 겜마가 낮은 포복으로 다가왔어요.

“에너지 충전해줄 테니까 다시 공격해, 강철!”

되살아난 철이는 잔인한 전사로 돌변했어요. 소나기 같은 잔소리 총탄을 무릅쓰고 돌격했어요. 엄마 전사, 할아버지 전사, 송이 전사도 쓰러졌어요.

“게임의 세계는 전투의 세계! 내가 승리했다, 내가!”

“잘했어, 강철! 바로 그거야! 넌 위너(승리자)야!”

“그래, 겜마! 내가 해냈어! 난 위너야!”

철이는 승리의 감격을 이기지 못하고 환호했어요. 44호 이무기 겜마는 계속 철이를 붕붕 뜨게 만들었어요.

“강철, 넌 역시 천재야! 최고라고!”

철이는 실제로 자신이 천재적인 겜짱이 된 것 같았지요.

“내가 생각해도 난 천재야! 정말 멋지다, 게임세계!”

“게임의 세계는 냉정해야 돼. 그래야 살아남을 수 있거든.”

“냉정해야 돼! 난 냉정한 겜짱이다!”

“얼음처럼 차가운 판단과 과감한 공격이 필요해!”

“얼음처럼 차가운 판단과 과감한 공격! 난 할 수 있다!”

“좋아, 좋아! 승리한 대가로 아이템 하나 추가할게!”

“오케이! 다음 단계로 들어가자고!”

겜마는 철이가 자신의 뜻대로 움직여주는 게 흐뭇했어요.

“다음 단계로 들어간다, 레디(준비)!”

철이는 눈을 부릅뜨고 다시 전투태세로 들어갔어요.

“홀드! 에너지 체크! 레벨 낮아, 채워야 돼!”

“아이템으로 잡을 수 있어!”

긴장 탓인지 갑자기 철이의 기운이 빠지기 시작했어
요. 배터리 다 된 로봇 장난감처럼 움직임도 둔해졌어요.

“잠깐이면 끝낼 수 있어…. 근데 어깨가 아프다!”

겜마는 고함을 지르면서 철이를 다그쳤어요.

“영광 뒤의 상처, 승리자만 느낄 수 있는 고통이야!”

“아, 배도 고프고…. 힘이 달린다.”

“집중해! 몰입하라고!”

“눈도 침침해져…. 집중이 안 돼….”

“넌 할 수 있어! 넌 강철처럼 강하잖아!”

마침내 철이는 비 맞은 재처럼 스르르 무너졌어요.

갑자기 자신이 왜 그러는지 스스로도 모를 일이었지요.

"안 돼, 할 수 없어. 좀 쉬었다 하자. 졸리고 배고파."

철이는 주변을 둘러보며 엄마를 찾았어요.

"엄마, 배고파! 밥 줘. 피자, 치킨, 햄버거 아니어도 돼!"

철이는 바로 앞에 쓰러진 엄마를 발견했어요.

"엄마! 누워 있지 말고 밥 달라니까요!"

엄마는 깊은 잠이 들었는지 꼼짝도 하지 않았어요.

"나 게임 한다고 밥 안 주는 거예요? 게임 안 할게!"

철이는 엄마 곁으로 다가가서 살펴보다 깜짝 놀랐어요.

"자는 게 아니었어, 엄마? 어디 아파요?"

아무리 흔들어 봐도 엄마는 살아나지 않았어요.

"야, 겜마! 우리 엄마가 왜 이러는 거야?"

철이가 노려보며 소리치자 겜마는 어깨만 으쓱했어요.

"왜 그럴까?"

"날 엄호하면서 함께 전투를 했잖아?"

"그래, 넌 전투에서 승리한 위너야!"

"위너? 그럼 조금 전 전투에서 내가 엄마를… 설마!"

"엄마뿐이 아니야. 넌 완벽한 승리를 했다고."

철이는 그제야 주변에 쓰러진 가족들을 발견했어요.

"아빠, 할아버지, 송이까지? 내가?"

"그래! 다들 잔소리꾼 전사야. 넌 역시 짱이야, 겜짱!"

"아니야, 난 아니야! 내가 그랬을 리가 없어!"

철이는 겜마를 노려보면서 악을 써댔어요.

"어어, 이러지 마! 난 아무 짓도 안 했다고."

"너 때문이야! 네가 책임져! 살려내라고!"

"내가 왜? 위너는 바로 넌데?"

"네가 꼬드겨 게임세계로 밀어 넣었잖아! 책임져!"

"철이 네가 좋아서 게임세계로 뛰어든 거 아니었어?"

겜마는 배를 들먹이면서 웃어대더니 철이를 비웃었어요.

"성공하면 자기 덕이고 실패하면 남의 탓이야? 네가 저질러 놓은 일을 왜 나더러 책임지래? 밥 먹여줬더니 똥이 냄새난다고 내 탓이냐?"

"그런 뜻이 아니잖아, 내 말은…."

철이는 자신이 저지른 엄청난 일을 감당할 수가 없었어요. 겜마는 철이가 주춤하자 계속 밀어붙이기 시작했지요.

"강철, 진정하고 침착하게 내 말을 들어봐. 잔소리꾼들이 사라졌으니, 이제야 말로 네 마음대로 게임을 할 수 있게 되었잖아? 이게 바로 네가 원하던 일이잖아? 엄마 아빠 잔소리에 회초리에, 할아버지의 훈계에, 송이의 고자질에 넌덜머리가 난다며? 그런 거 저런 거 다 없는 세상에서 맘 놓고 게임을 하고 싶다면서? 네가 드디어 해낸 거야! 넌 위너라고! 축하해, 겜짱!"

철이는 이제야 현실을 바로 볼 수 있게 되었어요.

"그럼 다음 공격 대상은 누구야? 선생님이야?"

겜마는 박수를 짝짝짝 치면서 활짝 웃었어요.

"이제야 얼음처럼 차가운 판단력을 회복했구나! 좋아, 아주 좋아! 선생님 잔소리꾼까지 제거하면 넌 이 시대의 영웅이고, 스타 탄생이 되는 거야!"

갑자기 철이의 눈동자에는 슬픔이 가득해졌어요.

"선생님 다음에는? 그 다음 단계는 뭐냐고?"

"계속 밀고 나가는 거야! 너의 능력을 최대한 발휘하면 돼! 빠른 두뇌회전과 순발력, 번개 같은 손놀림! 넌 다 갖췄잖아… 가 아니고, 하긴 좀 부족한 게 있군. 그래도 걱정할 것 없어."

"좀 부족한 게 뭔데?"

겜마는 히죽 웃으며 손가락으로 동그라미를 만들어 보였어요.

"돈?"

"게임을 하자면 좀 필요하잖아? PC방엘 가도 그렇고."

"돈 없어. 군것질할 용돈도 빠듯해. 돼지도 아직 배고프고."

“돈 없으면 어때? 돈 많은 사람들이 있잖아?”
“돈 많다고 누가 거저 준대?”
“그냥 맡겨놨다고 생각하면 되잖아?”
“뭐? 그럼 날더러 돈을 훔치라고?”
“훔치긴 뭘 훔쳐? 그냥 잠시 빌리는 거지.”
“그건 도둑질이잖아! 게임중독자에 도둑까지 만들려고?”
“날 도둑 선생으로 몰지 마. 이래봬도 겜마야, 내가.”
철이는 다시 한 번 주변을 살피면서 몸을 떨었어요. 자신이 저지른 일을 되돌려놓고 싶은 생각밖에 없었지요.
“이렇게 끝낼 수는 없어. 겜마, 다시 시작하자!”
“다시 시작해도 기록은 남아. 넌 이미 게임중독이 됐어.”
“아니야, 난 게임을 즐길 뿐이야. 다 지워버리고 다시 시작할 거야. 재부팅이야, 재부팅! 리스타트! 리셋! 근데 컴퓨터가 왜 이러는 거야? 부팅이 안 돼! 겜마, 리셋하게 도와줘!”
“난 도와줄 수 없어, 강철. 네가 한 일이잖아.”
“네가 엄호하면서 전투를 시켰잖아? 네가 책임져!”
“천만에! 잔소리꾼 전사들을 물리친 건 바로 너야!”
“경찰을 부를 거야! 널 고발하겠어!”
겜마는 팔짱을 끼고 비웃는 얼굴로 철이를 쳐다봤어요.
“좋으실 대로! 난 현장목격자니까 증언을 해드리지.”

“아아, 모든 게 뒤죽박죽이야! 난 망했어, 끝장이라고!”

“복잡할 땐 게임이 최고야! 딱 한 게임만 더 하자, 응?”

“게임의 함정에서 빠져나가고 싶어!”

기다렸다는 듯이 현관문 인터폰이 울렸어요. 곧바로 현관문이 열리면서 선생님이 들어오셨어요.

“어어, 선생님! 우리 집엔 어떻게 오셨어요?”

“어떻게 오긴? 철이 널 보러 왔지.”

“왜요? 무슨 일인데요?”

“무슨 일이냐고? 그건 내가 묻고 싶은 말인데?”

“무슨 말씀인지 도통….”

“너 어디 아프니? 오늘 왜 학교에 안 나왔지?”

“제가요? 제가 결석했다고요?”

“헛소리까지 하는 걸 보니 많이 아팠나 보구나?”

“헛소리 아니에요, 선생님!”

“어머니는 어디 계시니? 어머니를 만나봐야겠다.”

선생님은 집안으로 선뜻 들어서면서 두리번거렸어요.

“앗, 들어오시면 안 돼요!

깜짝 놀란 철이가 주변을 둘러보면서 막아섰어요. 그런데 놀랄 일은 주변에 아무도 없었어요. 겜마를 쳐다보니 자기가 치웠다고 손짓 발짓을 했어요.

“선생님, 엄마는 지금 안 계셔요.”

“어디 가셨니?”

“예, 저기… 멀리… 가셨어요.”
“시장도 아니고, 멀리? 어딘데?”
“저, 그러니까… 아참, 외국에… 여행을.”
“외국여행? 좀 전에 전화 통화하고 왔는데?”
“전화통화요? 엄마랑 전화를….”
다급해진 철이는 겜마를 쳐다보면서 도와달라고 했어요. 겜마는 오른손을 들어 목을 긋는 시늉을 했어요. 더없이 좋은 기회이니 선생님을 제거하라는 지시였지요. 그러나 철이는 힘차게 고개를 흔들었어요.
“결석하고도 안 했다고 하더니, 조금 전에 통화한 엄마가 해외여행을 갔다고? 강철, 무슨 일이 있는 모양이구나? 어디 말해봐라.”
“아니에요, 선생님. 아무 일도 없어요.”
“아냐, 뭔가 숨기는 게 있어. 솔직하게 말해봐라.”
“아이 참, 왜 자꾸 이러세요? 절 공격하는 거예요?”
철이는 선생님이 잔소리를 하자 벌컥 화를 냈어요. 그러더니 다시 총을 집어 들면서 선생님을 노려봤어요.
“어서 가세요, 선생님. 선생님을 공격하기는 싫어요!”
“강철, 난 선생님이야! 넌 누구보다 모범생이잖아?”
“제발 가세요, 선생님. 저도 저를 어쩔 수 없어요.”
“설마 그 총으로 날 쏘려는 건 아니지? 정신 차려, 강철!”

겜마는 선생님을 쏘라고 계속해서 손짓발짓을 했어요.

"죄송해요, 선생님!"

철이는 결국 선생님을 향해 총을 쏘기 시작했어요. 선생님이 쓰러지자 겜마는 팔짝팔짝 뛰면서 좋아했지요.

"좋아, 좋아! 아주 잘했어! 성공이야! 으아, 44번 이무기 겜마도 33번, 아니 22번으로 승진하겠다! 고맙다, 강철! 잘했다, 강철! 이제부터 게임세계는 너의 것이야! 넌 천하무적이야! 널 방해할 적은 없어! 스타 탄생이야! 계속 너를 엄호해 줄 테니까, 이제 네 마음대로 해!"

철이는 쓰러진 선생님을 바라보며 중얼거렸어요.

"선생님이 죽었어. 엄마 아빠, 할아버지, 송이도…."

"게임세계에서 아군은 없어! 어차피 모두가 적이야!"

"경찰이 날 체포하러 올 거야, 난 끝났어…."

"경찰도 문제없어. 넌 겜짱이야! 다 해치워버려!"

철이는 겜마를 흘겨보고는 눈물을 흘리면서 말했어요.

"적이 아냐. 엄마 아빠고 할아버지고 동생이고 선생님이야."

"나도 알아! 그게 어떻다는 거야?"

"날 낳아서 길러주신 분들이고, 가르쳐주신 분이야."

"게임세계에서는 그런 거 필요 없어. 냉정한 세계야!"

“겜마, 이제 보니까 넌 나쁜 악마구나? 내가 속았어.”

“새삼스럽게 왜 이래? 게임은 게임일 뿐이야. 진정해.”

“나쁜 놈, 나를 이런 몹쓸 게임세계로 유혹하다니!”

철이는 총을 들어 겜마를 겨누면서 이를 악물었어요.

“강철! 왜 이러는 거야? 나를 따라다닐 땐 언제고?”

“게임세계에서는 다 필요 없다고 했지?”

“난 네 친구야! 널 겜짱으로 만들어준 친구라고!”

“그런 친구 필요 없어! 필요 없게 만들 거야.”

“신나는 게임을 안 할 거야? 날 쏘면 게임은 못한다고!”

“널 영원히 사라지게 해버릴 거야. 다신 나타나지 못하게.”

겜마는 철이를 손가락질하면서 크게 웃어댔어요.

“미안하지만 난 죽지 않아. 컴퓨터 부팅은 나의 탄생이야.”

“그때마다 널 쏘아버릴 거야!”

“강철, 게임은 게임일 뿐이라고!”

“그래, 게임은 게임일 뿐이야! 사라져라!”

철이는 이를 악물고 겜마를 향해 총을 쏘아댔어요. 겜마는 푹 고꾸라져 쓰러지면서 중얼거렸어요.

“대마왕님의 말씀처럼 넌 역시 의지력이 대단하구나! 하지만 겜짱, 난 다시 돌아온다. 네가 컴퓨터를 켤 때마다, 아이 윌 백(다시 오겠다) 크크크…”

겜마가 죽자 철이도 쓰러졌어요. 에너지 충전도 안 되고, 아이템도 없었거든요.

"인터넷게임이, 게임중독이 이렇게 무서울 줄이야…."

그때 어디선가 선생님 말씀이 경쾌하게 들려왔어요.

"게임이 무서운 거라고? 천만에! 생각을 바꿔봐, 게임이 얼마나 재미난 건지 알게 될 테니까. 뭐든지 게임으로 생각하는 거야. 다들 머리를 뒤흔드는 수학은 어떠냐? 문제 푸는 걸 게임으로 생각해봐. 주어진 시간 안에 풀면 100점, 기분 좋고, 박수도 받고, 아이템으로 상도 받고, 엄마가 맛난 거 사주시면 에너지 충전하고! 공부 안 해서 못 풀면 점수 안

나오는 거지, 뭐. 교실 청소나 자기 방 정리는 어때? 이것도 게임이야, 누가 빨리 끝내나 게임! 돼지저금통

은 어때? 돼지 배부르게 만들기 저축게임, 좋잖아? 박수 받고, 저축상 받고. 하지만 인터넷게임과는 다른 게 한 가지 있지. 인터넷게임은 다시 부팅하면 살아나지만, 우리 인생은 그게 안 된다. 알았냐? 근데 강철, 넌 손으로 턱 받치고 운동장 내다보면서 선생님 강의 듣니? 눈뜨고 꿈꾸는 강철, 일어나라!"

선생님이 부르시는 소리에 철이는 꿈에서 깨어났어요. 어리둥절해서 두리번거리는데 선생님이 말씀하셨어요.

"벌떡 깨어나는 걸 보니 내 강의에 감동했구나? 좋아!"

철이는 선생님을 보더니 와락 달려들어 끌어안았어요.

"아이고, 선생님! 살아 계셨군요? 고맙습니다."

"그래, 강철! 난 계속 살아 있었다."

반 친구들이 철이를 보면서 와르르 웃어댔어요.

"선생님, 재부팅으로 살아나신 건가요?"

"재부팅? 이 녀석, 요즘 게임에 재미 붙이는 것 같더니 재부팅증후군에 걸렸구나? 공부 시간에 졸았으니 사랑의 군밤을 주겠다."

선생님은 품안에 안긴 철이 이마에 알밤을 먹었어요.

"아야, 아파요! 그렇지만 선생님, 사랑해요!"

"징그럽다, 이 녀석아! 이제 그만 네 자리로 돌아가라!"

철이는 제 자리로 돌아가면서 머리를 설레설레 흔들었어요.

“어휴, 다행이다. 정말 재부팅하고 싶었는데, 그게
다 꿈이었다니! 엄마 아빠, 할아버지, 송이야, 선생님,
사랑해요! 친구들아, 사랑해! 너희들도 조심해라! 컴퓨
터를 켜는 순간 게임마귀가 살아난단다. 알았지? 우린
겜마와의 싸움에서 이겨내야 해. 조금만 빈틈을 줘도
겜마는 끈질기게 파고들거든. 겜마한테 휘둘리면 게임
중독에 시달리게 돼. 재부팅할 때마다 겜마는 강해지니
까 게임은 절대로 ‘딱 한번만 더!’는 안 돼. 그게 겜
마한테 기회를 주는 거야!”

철이는 무대에 선
배우처럼 계속 혼
자 중얼거렸어요.
겜마와 게임세계에
서 빠져 나왔다는
안도감이었지요. 엄
마 아빠, 할아버지,
송이, 선생님도 별
일 없어 신났고요. 그때 누군가가 어깨를 툭 치는 바람
에 정신을 차렸어요.
　“정신 차려, 강철! 너 괜찮니?”
　다미였어요. 반 친구들도 철이를 멍하니 바라보았어요.
　“강철!”

철이는 짧은 외침에 흠칫 놀라 고개를 돌렸어요. 정다운 선생님이 교실을 나가다말고 철이를 부른 거예요. 수업을 마친 아이들의 눈길도 철이한테 쏠렸답니다. 얼른 교실을 나가지 못해 철이한테 눈총을 주는 것이었지요.

"왜요, 선생님?"

"연극 연습하니? 뭘 그렇게 넋을 놓고 중얼대는 거야?"

"예? 아, 저… 창밖에… 가을이 언제 왔대요?"

대답이 궁해진 철이가 능청스럽게 창밖을 가리켰어요.

"가을? 며칠 됐는데, 넌 여태 그것도 몰랐니?"

철이의 엉뚱한 대답에 선생님도 지지 않고 받아쳤어요.

"가을이 선생님한테만 도착 신고를 했어요?"

"됐다, 이 녀석아! 집에 가는 길에 선생님 좀 보고 가거라!"

"아, 예! 히히…."

선생님이 교실을 나서자 아이들도 우르르 빠져나갔어요.

"선생님이 왜 부르시는 거야?"

한다미가 문 앞에서 기다리다가 물었어요.

"글쎄, 모르겠는데?"

문득 석기가 결석한 일로 부르신다는 생각이 들었어요. 선생님은 철이가 석기와 친하다는 걸 아니까요.

"교무실에 같이 가 줄까?"

“그래, 함께 가자. 석기 형 일일지도 모르니까.”
두 사람이 교무실에 들어서자 선생님이 힐끔 쳐다봤어요.
“다미는 안 불렀는데, 선생님한테 할 말이라도 있니?”
“예? 할말… 없는데요.”
“근데 왜 왔어? 집에 안 가고.”
다미는 그만 말문이 막히고 말았어요. 그렇다고 순순히 물러설 다미가 아니었지요.
“선생님은 왜 저만 미워하세요?”
갑작스런 물음에 선생님의 두 눈이 동그래졌어요.
“내가 언제 널 미워했다고 그러니, 한다미?”
“그게 아니면, 남녀 차별하시는 거예요?”
“남녀 차별? 내가?”
“왜 철이만 부르고 전 따돌리세요?”
“엉? 그, 그게 그렇게 되는 거야?”
선생님이 어깨를 으쓱해 보이자 철이가 얼른 나섰어요.
“바늘 가는 데 실 가잖아요, 선생님. 헤헤….”
“흠, 너희들이 바늘과 실처럼 친한 클래스 커플이다 이거지? 좋아, 그렇다면 한다미에게 묻겠다. 나중에 결혼식 주례는 선생님이 서도 되겠나?”
선생님의 역습에 다미는 얼굴이 빨개졌어요. 철이는 이번에도 넉살좋게 절까지 꾸벅하면서 대답했지요.

“아, 예! 그래주시면 고맙지요, 선생님!”

“난 몰라!”

다미는 두 손으로 얼굴을 가리면서 주저앉고 말았어요.

“하하! 녀석들…. 우리, 사랑방 교실로 갈까?”

선생님은 철이와 다미를 데리고 교무실을 나섰어요. 조용한 사랑방 교실에서 따로 할 말이 있는 듯했지요. 정다운 선생님은 학생들의 상담교사이기도 했답니다. 사랑방 교실은 학교에서 마련해준 상담실이었고요.

“철이도 인터넷게임 좋아하지?”

사랑방 교실로 가는 길에 선생님이 지나가는 말투로 물었어요. 선생님은 분명히 ‘철이는’ 이 아니라 ‘철이도’ 라고 하셨어요. 이건 ‘철이 너도 아무개처럼 게임을 좋아하지?’ 라는, 선생님도 다 알고 있다는 뜻의 말이었어요.

보통 때 같으면 무심코 지나칠 말이었지만, 오늘은 왠지 그게 귓속을 파고드는 것이었어요. 그 ‘아무개’가 석기를 가리키는 것 같았거든요.

“왜? 철이는 게임 못해?”

“아뇨, 못하는 건 아니고요. 그냥… 좀 해요.”

사랑방 교실에 들어서던 철이와 다미는 깜짝 놀랐어요. 뜻밖에도 태연이가 미리 와서 기다리고 있었거든요.

“어어, 태연아? 네가 웬일이야?”

“철이 형! 다미 누나도 왔네?”

다미도 태연이가 송이랑 같은 반이고, 철이네 아파트 단지에 산다는 걸 알았어요. 지난해, 철이가 송이랑 태연이한테 인라인스케이트를 배울 때에도 몇 번 만났어요.

태연이를 본 철이는 조금 긴장했답니다. 선생님이 철이 뿐만 아니라 태연이까지 부른 것을 보면, 석기 문제가 예상 밖으로 심각해진 게 아닐까 여겨졌지요. 게다가 부르지도 않은 다미를 보내지 않고 함께 데리고 오신 걸 보면 더욱 그러했어요.

석기랑 먼저 친하게 지낸 것은 철이였어요. 태연이는 평소에 겜짱으로 소문난 석기를 만나고 싶었는데, 철이 남매한테 인라인스케이트를 가르쳐주면서 소원을 풀게 되었지요.

철이는 약속대로 태연이를 석기한테 소개해주었어요. 태연이는 선망의 대상이었던 석기를 친형처럼 따르면서 게임을 배웠지요. 형제가 없어 외로워하던 석기도 귀여운 동생이 생겼다면서 좋아했고요.

세 사람은 함께 만나면 게임을 하면서 시간을 보냈어요. 그때 석기 단골 PC방에도 함께 놀러갔어요. 철이와 태연이는 그때 처음으로 PC방 구경을 했지요.

하지만 철이는 PC방 분위기가 마음에 안 들어서 두어 번 간 뒤에는 발을 끊었어요. 무엇보다 어른들이 피

우는 담배연기가 몹시 싫었어요. 금연석이 따로 있기는
했지만 칸막이가 된 것도 아니었거든요. 태연이는 석기
랑 자주 PC방에도 가고, 함께 석기네 집에서 어울리기
도 하는 눈치였어요.
　정다운 선생님이 철이와 태연이를 향해 물었어요.
　"태연이 반 송이가 철이 누이동생이지?"
　"네, 철이 형이랑 전 같은 아파트 단지에 살아요."
　선생님은 냉장고에서 음료수와 과자를 꺼내오셨어요.
　"그래, 내가 너희들한테 할 얘기가 좀 있어서 불렀다."
　선생님이 세 사람 컵에 음료수를 따라주셨어요.
　"철이는 PC게임 잘하지?"
　"네, 조금….."
　"인터넷게임도 자주 하니?"
　"자주는 아니고요. 시간 날 때 조금씩….."
　"자, 출출할 텐데 들어라. 온라인게임은 석기한테
배웠니?"
　음료수를 마시려던 철이가 다미 눈치를 보며 대답했어요.
　"사실은 PC게임도, 온라인게임도 형한테 많이 배웠
어요."
　"동네 PC방에도 가봤겠네?"
　"네, 두어 번….."
　"어머! 너 PC방에도 다녀?

다미가 깜짝 놀란 눈으로 철이를 돌아보았어요.

"자주 가는 건 아니야. 1학기 때 두세 번 가봤어. 그렇지만 지금은 왠지 분위기가 낯설어서 안 다녀. 게임을 하고 싶으면 그냥 집에서 조금씩 하고."

선생님이 빙그레 웃으면서 고개를 끄덕이셨어요.

"그래, 철이처럼 그렇게만 하면 PC게임을 하든 인터넷게임을 하든 해로울 것이 없지. 야구 좋아하는 사람은 야구장에도 가고 친구들이랑 야구시합도 하잖아? 마찬가지로, 인터넷게임이라는 '이 스포츠(E-sports)'를 좋아하고 건전하게 즐기는 거니까."

선생님은 석기 얘기는 하지 않고 자꾸 딴 말씀만 하셨어요. 철이와 다미는 궁금했지만 음료수와 과자를 먹으면서 잠자코 듣기만 했어요.

"문제는 PC방이든 집에서든 시간 가는 줄 모르고 게임에 빠지는 경우지. 게임이든 독서든 영화든 지나치게 빠지는 건 바람직하지 않거든. 특히 너희들처럼 한창 성장하는 어린이들한테는 보통 해로운 게 아니야."

"아빠도 선생님과 똑같은 말씀을 하셨어요."

문득 자정을 훌쩍 넘긴 것도 모른 채, 거실에서 이불을 뒤집어쓰고 게임을 하다가 달걀귀신으로 몰렸던 사건이 떠올랐어요. 누구나 들으면 배꼽을 잡으면서 웃을 일이었지만, 철이는 아직 아무한테도 그 얘기를 하지 않았어요.

"그런데요, 선생님. 저희들은 왜 부르신 거예요?"

"아참! 석기 문제를 의논하려고 했는데 딴 얘기만 했구나."

"석기 형한테 무슨 일이 있어요, 선생님?"

태연이가 과자를 먹다말고 조금 놀라는 눈치였어요.

"석기 얘기를 하기 전에 선생님이랑 약속을 해줘야겠다."

선생님은 태연이 질문에 대답하는 대신, 사랑방 교실에서 네 사람이 만난 사실을 비밀로 해달라는 말씀부터 하셨어요. 석기를 돕기 위해서라는 선생님 말씀에 철이와 다미, 태연이는 반대할 이유가 없었지요.

세 사람이 사랑방 교실에서 있었던 일을 아무한테도 발설하지 않겠다고 굳게 약속했어요. 선생님은 그제야 석기 얘기를 털어놓기 시작했답니다.

"한석기는 선생님한테 몇 번 상담을 받아서 잘 알지."

다미는 오빠 얘기가 시작되자 우울한 표정이 되었어요. 선생님도 석기가 다미의 오빠라는 걸 알고 계셨지요.

"석기는 여름방학 동안에 게임에 깊숙이 빠져든 것 같다."

정다운 선생님이 들려주신 얘기는 이랬어요.

철이가 석기와 친하게 지내기로 약속할 무렵까지는

별일이 없었답니다. 그때만 해도 가끔 학원을 빼먹고 PC방에 드나들기는 했지만, 집에서는 늦도록 게임을 하진 않았지요. 그러니 성적은 조금 오르내렸어도 늦잠 자고 지각하는 일은 없었어요.

올 여름, 부모님은 평소보다 직장에서 늦게 들어오는 날이 많아졌어요. 그러면서 석기는 PC방에 드나드는 날이 잦아졌고, 집에서는 제방에 틀어박혀 날이 새도록 게임에 빠져든 것이지요.

석기는 주로 온라인게임을 했기 때문에, 게임에 몰두하다 보면 새벽 서너 시는 보통이었어요. 잠이 부족하니 늦잠을 잘 수밖에 없었고, 개학을 한 뒤로는 허둥지둥 서둘러도 지각을 하게 되었어요.

"요즘 엄마 아빠가 몹시 바빠서 너희들 남매를 챙겨 줄 시간이 없구나. 곧 너희들과 함께 하는 시간이 많아질 테니까 그저 공부들 열심히 해라."

아무것도 모르는 부모님은 남매에게 이렇게 말씀하셨어요.

석기는 한번 게임에 빠져들고 보니 공부를 하려고 해도 집중할 수가 없었어요. 부모님이 집에 안 계시니 간섭하는 사람도 없고, 곧바로 컴퓨터 앞에 앉아 시간 가는 줄 모른 채 온라인게임에 매달리곤 했지요.

게임을 할 때는 부모님에 대한 불만도, 집중 안 되는 공부도 다 잊을 수가 있었어요. 게임 속의 세상에만 들어가면 눈빛이 반짝였고, 모든 것이 자신의 뜻대로 돌아가는 것 같았어요.

지각을 자주 하다 보니 학교에도 가기 싫어졌어요. 교실에 앉아 있어도 선생님 말씀은 귀에 들어오지 않았어요. 꾸벅꾸벅 졸거나 꿈을 꾸듯이 게임 속 세상으로 날아가곤 했어요. 학교에서 돌아오면 학원은 아예 빼먹고 PC방으로 직행하기가 예사였답니다.

"아무리 좋지 않은 일도 처음 한두 번이 어려울 뿐이지, 일단 시작해놓으면 그 다음부터는 쉬운 법이거든. 석기가 새벽까지 끝낼 줄 모르는 게임도 그렇고, PC방 드나드는 일이나 지각하는 일도 그랬다고 봐야한다. 그러다가 무단결석을 시작했다. 이제 앞으로는 결석도 어렵지 않게 여겨질 거야. 부모님은 담임선생님의 연락을 받은 뒤에야 석기의 상황을 파악하게 되었지."

다미의 말로는 부모님이 무섭게 화를 내셨다고 했어요. 그렇게 화를 내는 모습은 난생 처음 봤다고 말했어요.

"그런데 오빠가 평소와 전혀 다른 모습을 보였어요. 그 전에는 야단을 맞을 때에는 잠자코 듣다가 부모님 말씀이 끝나면 잘못했다고 했거든요. 근데 이번에는 부모님께 마구 대들면서 큰소리까지 쳤어요. 제가 울면서 말리지 않았으면 크게 싸웠을지도 몰라요, 선생님."

다미는 끝내 눈물을 흘리면서 고개를 숙였어요. 철이

는 저도 모르게 한숨을 내쉬었어요. 석기와의 우정을 할아버지께 상담까지 했던 철이었어요. 그런데 지금 석기는 몹시 어려운 상황에 빠져 있어요. 철이는 자신이 몹시 부끄러웠어요. 힘들어하는 석기한테 아무런 도움도 주지 못 했으니까요.

철이는 PC방이 좋은 분위기는 아니라고 판단했어요. 그래서 두세 번 가본 뒤에는 발길을 끊었지요. 자신의 의지로 호기심을 누르고 유혹을 물리친 거예요. 철이는 자신의 그런 의지에 가슴 뿌듯함을 느꼈어요.

하지만 석기에게 우정의 충고를 해주지는 못했어요. 태연이까지 따라다닌다는 걸 알면서도 나서지 못했어요. 그런 자신이 부끄럽고 용기 없는 사람처럼 여겨졌어요.

"죄송합니다, 선생님…."

철이가 한숨을 내쉬더니 고개까지 떨어뜨렸어요. 다미와 태연이는 철이가 왜 그러는지 궁금했지요. 선생님은 담담한 표정으로 철이의 다음 말을 기다렸어요.

"우정을 약속한 석기 형을 위해 아무 것도 하지 못했어요."

"철이 형, 나도 미안해…. 난 그냥 석기 형한테 게임 배우면서 따라다니는 게 좋았걸랑. 석기 형은 겜짱이니까 나까지 어깨가 으쓱해지는 거야. 그래서 형이 비밀로 하라는 일은 부모님한테도 형한테도 말하지 않았어. 속이거나 감추는 건 옳은 일이 아니라는데….”
태연이는 어린 동생답지 않게 속 깊은 말을 했어요.
한석기를 걱정하는 세 사람을 바라보는 선생님은 마치 그 마음을 꿰뚫어보기라도 하는 표정이었어요. 어쩌면 선생님은 세 사람의 마음이 이렇게 하나 되기를 기대하면서 사랑방 교실로 불렀는지 모를 일이었어요.
“고맙다, 얘들아! 역시 선생님 생각이 틀리지 않았구나.”
세 사람은 선생님의 알 수 없는 말씀에 의아해 했어요.
“석기의 사정을 파악한 뒤에 선생님은 며칠 고민을 했단다. 석기를 도울 수 있는 방법을 찾느라고 말이다. 그러다가 철이와 태연이가 석기와 자주 어울렸다는 사실을 알아냈지. 백짓장도 맞들면 가볍다는 속담이 있잖니?”
정다운 선생님은 기대에 찬 눈빛으로 세 사람을 살폈어요. 세 사람도 이제야 선생님의 속마음을 알게 되었지요.
“제가 태연이랑 PC방에 가서 석기 형을 찾아볼까요?”
“석기가 지금 PC방에 있는 게 확실할까?”
“오늘 다미한테 얘기를 듣고, 아까 점심시간에 석기 형 휴대폰으로 연락을 해봤거든요. 신호는 가는데 받지를 않았어요. PC방에서 휴대폰을 진동으로 해놓고 게임에 집중하느라고 전화 온 줄도 모르는 게 틀림없어요.”

“석기는 너희들도 가봤다는 PC방 한곳만 다니니?”

잠자코 있던 태연이가 불쑥 선생님 질문에 대답했어요.

“석기 형은 겜짱이라서요, 게임머니랑 아이템으로 떡볶이랑 라면도 사먹어요. 거기 오는 고등학생 형들이랑 어른들이 형한테 게임머니랑 아이템을 얻어가면서 고맙다 그러고, 인기 짱이거든요. 그러니까 다른 데는 안 가요.”

태연이 말을 듣고 있던 선생님의 표정이 심각해졌어요.

“음, 선생님이 거기까지는 파악을 못했구나. 석기가 그 정도라면, 철이랑 태연이만 가서는 안 되겠다. 선생님도 함께 가야겠다.”

“고맙습니다, 선생님. 태연이랑 둘이 석기 형을 찾아가겠다고 했지만, 사실 걱정이 되었거든요. 혹시 말을 안 들으면 어떻게 해야 좋을지도 몰랐고요.”

여태 잠자코 애기를 듣던 다미가 볼멘소리를 했어요.

“왜 또 저만 빼놓으시는 거예요, 선생님?”

“거기에는 두 가지 이유가 있다. 우선 PC방 분위기가 다미한테 많이 낯설고 불편할 거야. 그리고 석기가 PC방에서 동생까지 만나면 어색하고 거북해 하지 않을까 걱정해서야. 우리가 석기랑 사랑방 교실에서 만날 때 다미도 함께 도와주었으면 좋겠다.”

이번에는 다미도 순순히 물러섰어요.

“잘 알겠습니다, 선생님. 제 생각이 짧았어요.”

철이가 선생님을 향해 두 손을 맞잡고 너스레를 떨었어요.

“선생님은 정말로 따뜻하고 정다운 분이십니다, 헤헤….”

“녀석, 그러니까 선생님 이름이 정다운이지! 하하….”

네 사람의 웃음이 사랑방 교실 가득 울려 퍼졌어요.

5. 사랑해요, 선생님!

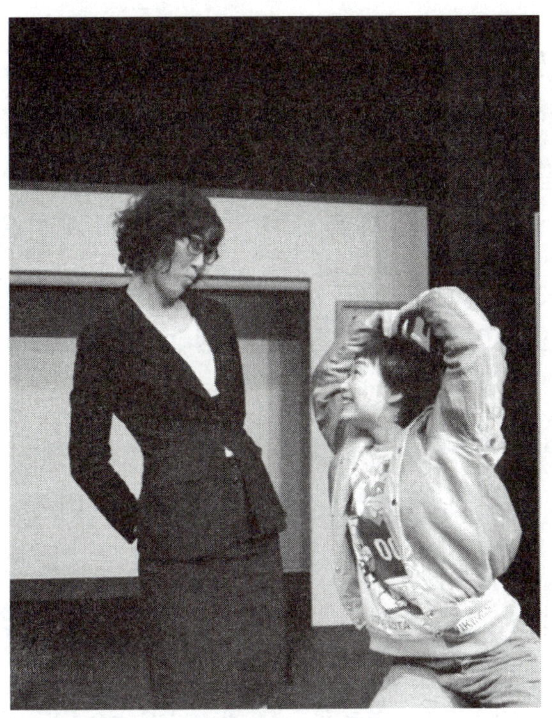

철이와 태연이는 정다운 선생님과 함께 학교를 나섰
어요. 태연이의 안내로 석기가 자주 다니는 PC방을 찾
아갔지요. 철이도 석기를 따라서 두세 번 와본 곳이었
어요.

"부근에서 초등학생들이 제일 많이 오는 PC방이래요."

PC방에 들어서니 과연 태연이 말이 실감났어요. 학
교가 멀지 않은 데다, 주변에 학원이 많아서 그런지,
아이들이 흡연석 한쪽까지 차지하고 게임을 하는 중이
었어요. 선생님은 넓은 실내를 두리번거리며 석기를 찾
아봤어요. 잠시 살펴보던 선생님은 저절로 새어나오는
한숨을 어쩌지 못했어요.

어린이들 가운데 몇몇은 일인칭 슈팅게임과 롤플레잉
게임을 하고 있었어요. 롤플레잉은 서버에 가입해서 아
이디를 만들 때 주민등록번호가 필요하지요. 결국 18
세 미만의 청소년은 이용할 수 없는 게임이에요. 그런
데 그걸 초등학생들이 하고 있다는 것은, 부모님이나
친척의 주민등록번호를 몰래 사용했다는 증거가 되거
든요.

"야, 거기서 오른쪽으로 돌아야지!"

"쫘! 지금 쏘라니까! 에이, 짜증나."

슈팅게임을 하는 어린이들이 두 눈과 두 손을 정신없
이 움직이면서 소리를 질러댔어요. 시뻘건 피가 쏟아지

는 모니터를 노려보면서 얼굴까지 벌겋게 상기된 아이들도 보였어요. 속된 말과 상스런 말도 스스럼없이 토해냈어요.

"어? 저기… 우리학교 사랑방 교실 선생님이다."

선생님 뒤에서 몇몇 아이들의 속삭임이 들렸어요. 선생님은 못 들은 척하면서도 그들의 말에 귀를 기울였어요.

"무서운 선생님은 아니지?"

"뭐 어때? 우리가 못 올 곳에 왔냐?"

"이건 애들이 못하는 게임이야. 엄마한테 알리면 어떡해?"

"으아! 엄마한테 한 시간만 한다고 했는데 벌써 세 시간째야."

그 아이들은 서둘러서 게임을 끝내고 PC방을 나갔어요.

선생님은 몇몇 사람이 모여 있는 흡연석 쪽으로 다가갔어요. 누군가의 등 뒤에서 청소년들과 어른들이 구경하고 있었어요.

"보면 볼수록 그 실력이 놀랍다, 놀라워!"

"으으, 기죽어. 초등학생이 우리 고등학생보다 낫다니까!"

"롤플레잉을 이 정도 하면 프로게이머를 꿈꿔도 되겠지?"

“맞아! 열심히 해봐, 석기야. 넌 할 수 있다고.”

구경꾼들의 칭찬에 석기의 이름이 섞여 나왔어요. 가까이 가서 보니 석기가 틀림없었어요. 아침에 집에서 나와 여태 이곳에서 게임을 하는 것이지요.

“한석기, 점심은 먹고 하는 거냐?”

선생님이 구경꾼들을 밀쳐내면서 석기 뒤에서 물었어요.

“자꾸 말시키지 말라니까! 내가 산 햄버거 같이 먹었으면서….”

석기는 뒤도 돌아보지 않고 신경질적으로 반응했어요. PC방에서 자주 만나는 사람의 말쯤으로 생각한 거예요.

“햄버거? 그거 나도 하나 사줄래?”

“아이, 진짜 짜증나게 자꾸 그러네!”

벌컥 화를 내면서 돌아보던 석기가 깜짝 놀랐어요.

“어어, 선생님. 선생님도 게임 하러 오셨어요?”

석기는 왜 선생님이 뒤에 서 있는지 잠시 얼떨떨했지요. 학교 가는 길에 와서 지금까지 게임을 하는 중이었거든요. 점심도 앉은자리에서 주문한 패스트푸드로 해결했어요. 여기가 PC방인지 게임세계인지 분별도 안 되었어요.

“뭐야? 철이랑 태연이도 왔어?”

석기는 철이와 태연이를 쳐다보다가 펄쩍 뛰었어요.

한눈파는 사이에 상황이 바뀌어버린 게임 때문이었지요.

"으악! 큰일 났다…."

석기는 얼른 돌아앉아 손가락으로 키보드를 찍어댔어요. 잠시 멈칫거리던 철이가 석기 귓가에 속닥거렸어요.

"형이 아무 연락도 없이 결석을 하니까 궁금하잖아. 전화를 해도 받지 않고…. 선생님도 걱정 끝에 우릴 부르신 거야. 좀 같이 찾아보자고."

석기가 의자를 돌려 선생님과 철이를 쳐다봤어요. 이제야 간신히 게임세계에서 현실세계로 돌아왔어요. 선생님께 들키고 보니 여간 무안한 게 아니었어요.

"의리 없는 앞잡이들, 선생님까지 모시고 오다니…."

석기는 철이와 태연이를 흘기면서 투덜거렸어요. 철이는 석기가 이렇게 된 게 자신의 책임처럼 느껴졌어요. 정다운 선생님이 철이와 태연이 대신 해명을 하셨어요.

"선생님이 너를 만나려고 애들을 데리고 온 거야."

석기는 선생님의 이야기 도중에 깜짝 놀라 돌아앉았어요. 잠깐 동안 게임이 수습하기 어려운 상황이 되어버렸거든요.

"에이, 씨…. 쪼끔만 더 하면 멋지게 끝낼 수 있었는데."

석기는 키보드를 타다닥 두드리더니 벌컥 짜증을 냈어요. 철이와 태연이가 무안할 정도로 석기는 신경질적이었어요. 그러나 선생님은 전혀 내색하지 않았어요. 석기의 어깨를 잡아 가볍게 흔들면서 차분하게 말씀하셨어요.

"우리 때문에 게임을 망쳐서 미안하구나. 학원 끝날 시간도 지났고, 오늘은 어지간히 한 것 같으니까 그만 나가는 게 어때? 뭐, 네가 싫다면 우린 그냥 나갈게. 그렇지만 지금 나간다면 선생님이 피자 대짜로 한판 쏘마."

곁에서 구경하던 사람들이 얼른 석기를 달랬어요.

"선생님 마음 변하시기 전에 얼른 나가서 피자 먹어라."

"그래, 선생님께서 여기까지 오셨는데 그만 나가봐라."

"오늘 아이템이랑 게임머니 고마웠다, 겜짱."

고등학생 형들이며 어른들이 한껏 치켜세우자 석기는 속으로 으쓱했어요. 철이는 의자 옆에 넘어져 있던 석기 책가방을 챙겨주고, 구경하던 사람들은 그의 등을 떠밀었어요. 석기는 못이기는 척 선생님 뒤를 따라나섰지요.

사실 눈앞에 선생님이 나타났을 때는 가슴이 철렁 내려앉았어요. 아마 엄마나 아빠 같았으면 당장 등덜미라도 움켜잡고 PC방에서 끌고 나갔을 거예요. 뒤이어 쏟아지는 잔소리는 불을 보듯 뻔했을 테고.

선생님은 학교와 학원도 빠진 채 PC방에 앉아 있는 자신을 꾸짖지도 않으셨어요. 나무라기는커녕 길을 가다 우연히 오랜만에 만난 사람처럼 대해주셨지요. PC방에 있던 사람들한테 겜짱의 체면까지 세워주신 거예요.

피자집에 간 선생님은 약속대로 그 집에서 가장 큰 피자 한판을 주문하셨어요. 선생님이 먼저 피자 한 조각을 들고 맛나게 먹기 시작하셨어요.

"뭐하니? 배고플 텐데? 선생님 혼자 다 먹어도 좋아?"

"그럴 수야 없죠! 얼른 먹자, 형들!"

석기와 철이는 선생님이 죄송해서 멈칫거리기만 했어요. 분위기를 눈치 챈 태연이가 얼른 피자를 먹기 시작했지요. 철이가 피자 한판을 집어서 석기한테 내밀었어요.

"늦기 전에 우리도 먹자, 형!"

"그래, 모자라면 더 사줄 테니까 많이 먹어라."

석기는 피자를 먹으면서 선생님의 말씀을 기다렸어요. 그러나 선생님은 왜 결석을 했는지, 왜 그렇게 PC방에 자주 다니는지는 묻지도 않으셨어요. 그냥 재미난 이야기로 분위기를 편안하게 띄워주셨지요.

잠깐 사이에 커다란 피자 한판을 거뜬히 먹어치웠어요.

"디저트로 아이스크림 어때?"

선생님이 아이들을 둘러보시면서 물었어요.

"금상첨화지요, 선생님! 히히….”

태연이는 엄지손가락을 들어 보였고, 철이는 사자성어까지 써가면서 반가워했어요. 금상첨화는 '비단 위에 꽃을 더한다.' 는 한자말로, 좋은 일 위에 좋은 일이 더함을 비유하는 말이에요.

아이스크림을 먹으면서도 선생님은 다른 말씀을 안 하셨어요. 아이들은 더 이상 기다릴 수 없다는 표정으로 선생님을 쳐다보았지요.

"왜들 그렇게 쳐다보니? 내 얼굴에 아이스크림 묻었어?"

"언제 꾸짖으실 거예요, 선생님? 더는 못 기다리겠어요."

선생님은 석기의 마음을 안다는 듯이 빙그레 웃으셨어요.

"그래, 우린 풀어야 할 숙제가 있지?"

"예, 선생님….”

석기의 대답에 철이와 태연이도 고개를 끄덕였어요.

"그럼 숙제를 해야지.”

"숙제라니요, 선생님? 무슨….”

"선생님이 너희들 셋에게 특별숙제를 내줘야겠다."

"전 2학년인데요?"

태연이가 숙제라는 말에 두 눈을 동그랗게 떴어요.

"2학년도 충분히 할 수 있는 숙제야."

세 사람은 책가방에서 공책을 꺼내 필기 준비를 했어요.

“인터넷 검색을 하든, 친구들이나 어른들한테 물어
보든 상관없다. 오늘 저녁에 조사해서 내일 방과 후에
사랑방 교실에서 발표하는 숙제야.”
“뭘 조사하라는 거죠, 선생님?”
태연이는 여전히 걱정된다는 표정이었어요. 5, 6학년
형들이랑 똑같은 숙제를 하게 되었으니까요.
“주제는 인터넷게임중독이다. 즉, 게임중독이 뭔지
자세히 조사를 하는 거야. 이 숙제는 선생님도 너희들
과 똑같이 하겠다. 그리고 내일 수업 끝나고 사랑방 교
실에서 만나 발표하고 토론도 해보자.”
아이들은 그제야 선생님의 말뜻을 이해할 수 있었어요.
피자집에서 밖으로 나오니 어느새 해가 지기 시작했
어요.
“그럼 내일 만나자. 숙제들 잊지 말고!”
세 사람은 선생님께 고개 숙여 인사를 했어요.
“선생님, 안녕히 가세요!”
“피자 잘 먹었습니다, 선생님!”
“아이스크림도요! 히히….”
선생님이 인사하고 돌아서는 석기의 팔을 잡았어요.
선생님은 그의 어깨를 두 손으로 잡고 가슴에 끌어안
았어요.
“한석기, 선생님은 널 믿는다! 그래도 되겠지?”

선생님은 석기를 안은 팔에 힘을 주면서 말씀하셨어요.

"네, 선생님….”

석기는 코끝이 시큰해지면서 울컥 눈물이 솟구쳤어요. 아빠 품에 안겨본 것이 언제인지 기억도 까마득했어요. 요즘처럼 불안하고 힘들 때는 넓고 든든한 아빠 품이 몹시도 그리웠거든요. 선생님은 마치 그런 석기의 마음을 들여다보기라도 한 것 같았어요.

"그럼 내일 학교에서 보자. 숙제 잊지 말고.”

선생님은 석기의 등을 토닥여주면서 말씀하셨어요.

"안녕히 가세요, 선생님….”

석기는 사뭇 편안해진 얼굴로 다시 인사를 했어요.

선생님은 아이들이 저만큼 멀어질 때까지 바라보셨어요. 네거리에서 방향을 돌리던 아이들이 이끌리듯 뒤돌아봤어요. 기다리던 선생님이 두 손을 들어 크게 흔들었어요. 아이들도 약속이라도 한 것처럼 입을 모아 외쳤어요.

"선생님, 사랑해요!”

6. 게임중독에서 탈출하기

다음날 아침, 철이와 송이는 아파트 입구에서 태연이를 만났어요. 태연이는 일부러 일찍 나와서 철이를 기다리던 중이었어요. 정다운 선생님이 내주신 숙제를 제대로 못했기 때문이에요.

"철이 형! 숙제가 많아서 선생님 숙제를 못해… 흡!"

학교 숙제가 많아서 사랑방 교실 선생님의 숙제를 못했다는 말을 하려고 했어요. 하지만 숙제라는 말이 나오자마자 철이가 오른쪽 집게손가락을 입술에 대면서 눈을 부라렸어요. 태연이는 어제 사랑방 교실에서 한 약속이 떠올라 내뱉던 말을 삼켜버렸어요..

송이가 곁에 있다는 사실을 미처 생각하지 못한 거예요. 눈치 빠른 송이가 눈을 동그랗게 뜨고 두 사람을 쳐다봤어요.

"태연아, 어제 우리 숙제 내준 거 없잖아?"

송이가 태연이를 다그치기 시작했지요. 태연이가 지원을 요청하는 눈빛으로 철이를 쳐다봤어요. 철이가 얼른 시치미를 떼고 딴청을 부렸어요.

"이러다 학교 늦겠다. 태연아, 달리자!"

"알았어, 형! 히히…."

둘은 송이를 떼어놓고 학교를 향해 냅다 달렸어요.

"오빠! 아직 등교시간 충분한데 뭐가 늦는다는 거야?"

송이도 뒤로 묶어 내린 머리카락을 흩날리면서 뛰었

어요. 그러나 두 사람과의 거리는 따라잡을 수 없을 만큼 멀어졌어요.

"흥! 무슨 일인지 모르지만, 아침부터 강송이를 따돌려?"

송이는 식식거리면서 터덜터덜 학교로 향했어요. 송이는 교실에서 비밀을 캐내려고 했지만 성공하지 못했어요. 태연이는 수업이 끝날 때까지 끝내 입을 열지 않았거든요. 그렇다고 그쯤에서 포기할 송이가 아니었지요.

일단 물러서는 척하면서 작전을 바꾸기로 했어요.

"김태연, 오늘은 내가 너의 그림자가 되어주마!"

송이는 속으로 중얼거리면서 태연이 감시에 돌입했어요. 남학생 화장실까지 따라붙었지만 역시 성과가 없었어요.

수업이 끝나자 어제 약속한 사람들이 사랑방 교실에 모였어요. 철이와 다미, 석기, 태연이, 그리고 정다운 선생님…. 아이들이 다 모이자 선생님이 토론을 시작하셨어요.

"어제 선생님이 내준 숙제는 다들 해왔겠지?"

"네!"

오늘 아침에야 숙제 얘기를 들은 다미만 빼고 다들 활기차게 대답했어요. 태연이는 엊저녁에도 게임을 하느라고 숙제를 제대로 못했어요. 요즘 석기의 뒤를 이어 카트라이더 짱이 되기 위해 열심히 연습 중이었거든요.

석기는 평소와 달리 얼굴이 아주 밝아 보였어요. 오늘은 지각도 하지 않았고 아침 일찍 등교를 했어요. 아마도 저녁에 게임을 안 한 날은 어제가 처음이었을 거예요.

석기는 정다운 선생님이 내주신 숙제를 하느라고 겜마의 꼬임에 귀 기울일 시간이 없었어요. 더구나 선생님께서 따뜻하게 안아주시면서 자신을 믿는다고 하던 그 목소리를 잊을 수가 없었답니다.

탱자나무도깨비가 귓가에 계속 그 소리를 들려줬거든요.

"좋아! 그럼 시작해볼까? 먼저… 아니, 넌 송이 아니냐?"

선생님이 문득 교실 뒷문을 바라보면서 물었어요. 아이들이 일제히 뒤를 돌아봤어요. 교실 뒷문 틈으로 엿보다 들킨 송이 얼굴이 옆으로 사라졌어요.

"송이야! 숨지 말고 좀 나와 볼래?"

선생님이 부르자 이내 송이 얼굴이 다시 나타났어요.

"송이 네가 웬일이냐? 철이 오빠 만나러 왔니?"

"그게 아니고요, 선생님….."

"밖에 서 있지 말고 들어와서 말해봐."

송이는 슬그머니 문을 열고 안으로 들어왔어요. 교실 안에 들어서자 갑자기 목소리를 높이며 따졌어요.

"선생님, 왜 저만 따돌리세요?"

"엉? 내가 언제 널 따돌렸다고 그러니?"

"아니면, 제가 여자라고 차별하시는 건가요?"

"어제는 다미가 그러더니 오늘은 송이 너냐?"

선생님 말씀에 남자아이들이 쿡쿡 웃기 시작했어요. 그때 다미가 슬그머니 일어서서 뒷문으로 갔어요. 말없이 송이 손을 잡아 자기 옆자리에 앉혔어요.

"강송이, 이젠 여기 온 이유를 솔직하게 고백해라."

선생님 말씀에 송이는 생글생글 웃으면서 대답했어요.

"전 오늘 김태연의 그림자입니다, 선생님."

"그래? 강송이와 김태연이도 클래스 커플이라 이거지?"

선생님의 갑작스런 질문에 당황한 건 태연이었어요.

"야, 강송이! 선생님께서 솔직하게 고백하라고 말씀 하셨지? 괜히 뚱딴지같이 그림자 타령이나 하니까 선 생님께서 오해하시잖아! 사랑방 교실 모임에 끼고 싶 어서 나를 따라다니던 중이라고 털어놓으란 말이야!"

태연이가 윽박지르자 송이는 슬그머니 물러섰어요.

"헤헤…. 대신 고백해줘서 고마워!"

"어휴, 저 능청…."

태연이가 한숨을 내쉬면서 투덜거렸어요. 한바탕 웃

고는 송이도 함께 하기로 의견을 모았답니다. 송이 덕분에 토론은 즐거운 분위기로 시작되었지요.

정다운 선생님은 가끔 방과 후에 사랑방 교실에서 토론회를 가졌어요. 반별로 하기도 했고, 학생들에게 필요한 내용의 주제로도 했어요. 또 오늘처럼 같은 관심을 가진 학생들이 모이는 토론회도 가졌어요.

오늘의 토론 주제는 어제 내준 숙제대로 인터넷게임중독이에요. 철이와 태연이는 오늘의 토론이 게임중독에 빠진 석기를 위한 것으로 알았어요.

물론 오늘의 만남은 석기 문제에서 시작되었지만, 선생님 의도는 조금 달랐어요. 석기뿐만 아니라 오늘 사랑방 교실에 모인 아이들을 포함한 모든 초등학생들을 아우르는 내용이라고 생각한 것이지요.

"먼저 철이가 인터넷게임중독이 뭔지 발표해볼까?"

철이가 조사해온 내용을 발표하기 시작했어요.

"우리나라는 세계에서 제일 앞선 정보통신망 서비스를 하는 IT(정보통신기술)강국입니다. 대도시는 물론 시골에서도 누구나 간편하게 인터넷을 이용할 수 있지요. 우리 어린이들한테도 인터넷은 그네도 타고 시소도 타고 술래잡기도 하면서 신나게 노는 놀이터나 다름없이 되었어요. 같이 놀 친구가 없거나 심심하면 큰길가에도 동네 골목에도 흔한 PC방에서 놀 수도 있습니다.

이렇게 누구나 쉽게 인터넷을 사용하면서 심각한 문제도 생기고 있어요. 특히 우리 어린이들은 어른들에 비해서 참을성이나 통제력이 부족합니다. 그래서 인터넷게임이라든가 인터넷검색을 즐길 때면, 그 재미에 푹 빠져서 지나치게 오랫동안 컴퓨터 앞을 떠나지 못합니다. 계속 그러다 보면 운동부족으로 살도 찌고, 눈도 나빠지고, 수면이 부족해서 아침에 일어나기 힘들고 학교에도 가기 싫어집니다. 학교에서도 수업시간에 졸기 일쑤고, 공부에 집중이 안 되니 성적까지 떨어집니다.

또 우리 어린이들은 아직 옳고 그른 것을 판단하는 능력도 부족합니다. 그래서 인터넷게임이나 인터넷검색을 통해 만나는 폭력적인 말이나 행동을 따라 하기도 합니다. 그것은 가족과 다투는 원인이 되고, 친구들과도 어울리지 못하여 외톨이가 되기 쉽습니다.

이처럼 좋지 않은 일들이 일어남에도 불구하고, 인터넷을 지나치게 오래 사용하는 것을 인터넷 중독이라고 합니다. 특히 인터넷게임을 할 때 스스로 시간 조절도 못하고 오래도록 사용하는 상태를 인터넷게임중독이라고 해요. 이 정도가 되면, 인터넷이든 게임이든 하면 할수록 더 하고 싶어지는 중독증상이 나타납니다."

선생님은 철이의 발표에 아주 만족하는 모습이었어요.

"조사도 잘했고, 정리도 돋보이는구나."

“엊저녁에 아빠가 많이 도와주셨어요. 인터넷검색이
나 게임은 저도 어느 정도 경험한 것이라서, 조사하고
정리하기가 어렵지도 않았고요.”
“그래, 석기나 태연이도 비슷하겠구나.”
그때 불쑥 송이가 나서서 철이한테 물었어요.
“그럼 오빠도 게임중독이네?”
“내가 왜 게임중독이야?”
“스스로 시간 조절 못하고 오래 하면 중독이라며?”
“그래! 근데, 내가 언제 그런 적 있어?”
“에이, 시치미 떼지 마! 달걀귀신 사건은 뭐야?”
“어휴, 너…. 그 얘길 여기서 하면 어떡해?”
“흥! 아침에 날 따돌린 거 사과하지 않으면.”
“않으면… 어쩔 건데?”
송이는 기다렸다는 듯이 손을 번쩍 쳐들었어요.
“선생님, 게임중독에 대해서 발표할 게 있는데요.”
철이는 얼굴이 창백해지면서 송이 자리로 달려갔어
요. 다짜고짜 송이의 손을 끌어내리고 입을 막아버렸어
요. 선생님이 빙그레 웃으면서 말씀하셨지요.
“사랑방 교실에서는 언론자유가 보장된다고 선언했
을 텐데?”
선생님 말씀에 다급해진 건 철이였어요.
“언론자유와는 전혀 다른 문제예요. 사생활 침해라

고요!”

“송이 생각은 다른 거 같은데? 자, 사랑방 교실 분위기도 띄울 겸 달걀귀신 얘기 좀 들어보는 게 어떠냐?”

선생님이 다른 아이들을 둘러보자 다들 박수를 쳤어요.

결국 송이는 자의반 타의반으로 거실에서 일어난 달걀귀신 얘기를 공개하게 되었답니다. 달걀귀신 덕분에 다들 즐겁게 한바탕 웃었지요. 원망의 눈초리로 송이를 노려보던 철이도 덩달아 웃음을 토해내고 말았지요.

이때부터 철이의 별명은 달걀귀신이 되었답니다.

“저도 조사를 좀 했는데요, 들어보니까 철이가 발표한 거랑 내용이 비슷해요. 그래서 제 경험담을 들려드릴까 하는데, 괜찮을까요?”

석기 차례가 되자 그는 뜻밖의 제안을 했어요. 자기가 게임에 빠지게 된 과정을 발표하겠다는 거예요.

“자신의 감추고 싶은 얘기를 여러 사람 앞에서 발표한다는 것은 참으로 용기 있는 일이다. 석기의 경험담을 박수로 청해서 듣기로 하자.”

짝짝짝!

선생님과 함께 다들 박수로 석기를 격려했어요.

평소에 말수가 적은 석기였어요. 철이는 석기가 여러 사람 앞에 나서기를 싫어하거나, 내성적인 성격이어서 그러려니 했어요. 그런데 막상 석기의 발표를 들어보니 뜻밖에 차분하고 조리 있는 말솜씨였어요.

석기는 인터넷게임을 만나면서부터 레이싱 게임을 좋아했어요. 레이싱 게임은 이름 그대로 자동차를 타고, 경주시간(스피드)과 등수(순위)를 겨루는 게임이에요.

게임을 할 때면, 자신이 레이서가 되어 세계에서 최고로 빠른 자동차를 직접 운전하는 기분이에요. 나중에는 자기가 진짜 레이서라는 착각에 빠지기도 했어요. 집에서 아빠 차를 보면 운전해보고 싶을 정도였지요.

석기는 조종사가 테러범한테 살해되자 한 젊은 승객이 여객기를 무사히 착륙시키는 외국영화를 본 적이 있어요. 그 젊은이는 비행기 조종 훈련을 받은 사람이 아니었어요. 그는 게임에서 비행기 조종 몇 번 해본 실력으로 수많은 사람들의 목숨을 구해낸 거예요.

언젠가 석기도 아빠 차에 올라타 운전대를 잡아봤어요.

"하늘을 나는 비행기도 아니고 땅 위를 달리는 자동찬데, 까짓 거 사고 나봐야 담벼락에 박기밖에 더하겠어?"

자동차 열쇠가 없어서 시동을 걸진 못했어요. 하지만 막상 운전석에 앉으니까 차에 탈 때의 배짱과는 달리 겁이 났어요. 게임은 실수하거나 잘못되면 다시 시작하면 그만이지요. 그러나 자동차 운전은 한 번의 실수가 상상하기 어려운 사고로 이어질 수 있을 테니까요.

레이싱 게임 중에서도 석기가 특히 좋아하는 것은 카트라이더였어요. 지난해 겨울방학 때는 이미 카트 짱 (카트라이더 짱)으로 소문났어요. 방학이 시작되자마자 PC방을 드나들면서 카트라이더 실력을 키운 것이지요.

부모님은 밤늦게까지 직장 일에 매달렸어요. 석기는 학교에서 돌아오면 간섭하는 사람이 없었어요. 방학 때도 어울려 놀 친구가 거의 없었어요.

다미 친구 철이를 가끔 만나기는 했어요. 철이는 시간을 정해놓고 게임을 놀이처럼 즐겼어요. 방학 때도 공부하는 시간과 노는 시간을 엄격히 지켰어요. 그러니 많은 시간이 필요한 온라인 게임을 함께 하지는 못했어요.

함께 놀 친구는 없었지만, 석기는 기나긴 방학이 지루하거나 무료하지 않았어요. 집에는 컴퓨터와 게임기가 있고, 갈 때마다 단골손님들이 환영해주는 동네 PC방이 있었거든요.

방학 내내 카트 짱을 빼앗기지 않기 위해 열심히 연습했어요. 학원에 간다고 집을 나가면 그대로 PC방에 가서 카트라이더에 매달렸어요.

일단 PC방에 나가면 동네 형들이랑 카트라이더를 겨루느라 시간 가는 줄 몰랐어요. 겨룰 때마다 거의 진 적이 없기 때문에 더욱 신이 났지요.

"초등학교 4학년이 이 정도라니, 대단한 실력이야!"
"석기는 게임 수재라니까! 정말 부러워."
"너 이러다 프로게이머 되는 거 아니냐?"
다들 석기를 칭찬하고 부러워하니 PC방이 집보다 훨씬 편했지요. 집에서는 칭찬해줄 사람도, 따뜻하게 격려해줄 사람도 없었거든요. PC방에만 나오면 다들 석기한테 관심을 가졌어요. PC방 컴퓨터 앞에 앉으면 비로소 얼굴과 눈동자에 생기가 돌고 자신감이 넘쳤지요.
석기가 6학년이 되던 올해 초에 새로운 온라인게임이 등장했어요. 처음 몇 달 동안 무료로 새로운 서버가 시작된 거예요. PC방 스타였던 석기는 곧바로 그 게임에 매달렸지요.
한 달에 부모님과 마주앉아 식사하는 날이 다섯 손가락으로 꼽기도 힘들었어요. 부모님이 직장 일에 매달리듯이 석기는 새로운 게임에 푹 빠져들었어요. 어찌나 재미있던지 학교도 학원에 가는 일도 심드렁해졌어요.
친구들과 어울려서 운동하거나 노는 일보다 게임이 좋았지요. 주말에는 무려 15시간 이상을 게임에 매달린 적도 있었어요. 잠자고 먹고 화장실 가는 시간만 빼고 게임을 한 것이지요. 석기가 지각이 잦아지고, 성적이 자꾸 곤두박질치던 때였어요.
여름방학이 되자 석기는 물 만난 고기처럼 신이 났어

요. 방학이라 학교 갈 필요도 없고, 학원은 등록만 했지 얼굴을 몇 번 들이밀지도 않았어요. 마음 놓고 하루 종일 무료서버에 매달렸어요. 하루 15시간 게임은 보통이었지요. 그렇게 노력했더니 여름방학이 끝나갈 무렵에 깜짝 놀랄 결과가 나왔어요.

"야, 석기야! 네가 무료서버 랭킹 1위야!"

"경사 났네, 경사 났어! 우리 PC방에 게임 천재 났네!"

PC방 사장님은 손님들한테 자장면을 돌리면서 좋아했어요. 전국에서 수십만 명이 하는 무료서버에서 초등학생이 1등을 한 거예요. 다들 예삿일이 아니라고 놀라면서 축하해 주었지요. 석기는 마치 하늘을 나는 기분이었어요.

좋아하는 게임 실컷 하고, 간단히 벌어들인 게임머니와 아이템 거래로 군것질까지 맘껏 하게 되었어요. 석기가 PC방에 나타나면 동네 형들이며 어른들이 반겨 주었어요. 석기는 그들에게 아이템과 게임머니를 아낌없이 인심 썼지요.

"정말 고맙다, 석기야! 넌 우리 PC방 스타야!"

"난 언제나 게임을 너처럼 잘해보니?"

하지만 게임세계를 활보하다 밤늦게 PC방을 나설 때면 걷잡을 수 없이 허탈해지기도 했어요. 고생하시는 부모님께 걱정 끼쳐드릴 일만 하고 있다는 후회도 밀려왔어요.

게임세계에서는 자신이 짱이었지만, 그 세계를 벗어나면 허허 벌판에 홀로 던져진 느낌이었어요. PC방 밖에서는 알아주는 사람도 없었거든요.

"내가 어쩌다 게임에 미치도록 몰입하게 됐을까? 공부에 그런 노력을 기울였다면 전교 1등은 문제없었을 텐데. 부모님도 무척 기뻐하셨을 거야…. 아, 이러다 정말 대학도 못 가고 패배자가 되는 건 아닐까?"

그럴 때면 자기도 모르게 자포자기 상태가 되기도 했어요.

"에이, 뭐든 한 가지만 잘하면 된다는데 어때? 게임 열심히 해서 프로게이머 하지, 뭐. 그것도 안 되면 PC방 하면서 먹고살던가…."

여기까지 얘기한 석기는 잠깐 발표를 멈추었어요. 자신을 되돌아보다가 울컥 목이 멘 것 같았어요. 갑자기 분위기가 무거워졌어요. 아이들도 말이 없었고, 선생님도 잠시 밖을 내다보면서 생각에 잠겼어요. 나중에 안 일이지만, 이때 선생님은 자신의 어린 시절을 떠올렸다고 합니다.

옆에 앉아 있던 철이가 석기의 손을 잡았어요.

"미안해, 석기 형. 어려울 때 함께 해주지 못해서…."

"아냐, 넌 아무 것도 몰랐잖아. 내가 얘기를 안 해서…."

석기도 철이 손을 맞잡았어요. 두 사람 손에서 따뜻한 체온이 전해졌어요. 석기는 문득 사랑방 교실에 나오기를 잘했다는 생각이 들었어요.

이런 자리를 만들어주신 정다운 선생님의 배려가 참 고마웠지요. 자신의 이야기를 들어준 철이와 다미, 태연이와 송이한테도 고마웠고요. 집안이나 PC방에서는 느낄 수 없는 따뜻한 관심이 가슴을 뭉클하게 해주었어요.

"선생님, 고맙습니다. 어제 해주신 따뜻한 격려, 오늘 베풀어주신 만남…. 친구들도 고맙고, 동생들도 고마워…."

석기는 눈물까지 글썽이면서 감사의 인사를 했어요.

선생님은 지극히 만족한 얼굴로 고개를 끄덕이셨어요.

"석기가 그렇게 생각한다니 선생님도 고맙구나. 오늘 사랑방 교실에 모인 너희들이 정말 예쁘다."

선생님이 웃음 가득한 얼굴로 둘러보자 아이들도 비로소 활짝 미소 지었어요. 무겁게 가라앉았던 분위기가 다시 밝게 떠올랐답니다.

"너희들한테 선생님도 경험담을 들려주마. 어때, 괜찮지?"

"좋아요, 선생님!"

선생님 경험담이라니 다들 잔뜩 기대를 하면서 귀를 기울였어요. 그런데 정다운 선생님의 입에서 정말 놀랍

고도 아주 뜻밖의 얘기가 나왔답니다.

"너희들, 내가 한때 게임 중독으로 무지 고생한 거 모르지?"

누구보다 놀란 것은 석기였어요. 선생님처럼 훌륭하신 분이 게임중독이었다니, 믿을 수가 없었지요. 석기는 일단 게임중독에 걸리면 죄다 실패자가 되는 줄 알았거든요. 철이와 다미도 깜짝 놀라서 멍한 얼굴로 마주봤어요. 태연이와 송이도 놀란 눈으로 선생님을 쳐다봤지요.

"너희들만 했을 때부터 중학교, 고등학교 때까지 메신저 중독에, 인터넷게임 중독에, 인터넷쇼핑 중독까지…. 까딱 잘못했으면 너희들도 못 만나고 젊은 시절에 폐인이 될 뻔했지 뭐냐."

선생님은 자신의 경험담을 차근차근 들려주셨어요.

"선생님은 초등학교 시절에 성격이 조용하고 소심한 편이었거든. 친구도 많지 않아서 주로 집에서 놀았는데, 고학년이 되면서부터는 어머니도 직장에 다니셨어. 혼자 있는 시간이 많아지면서 자연스럽게 컴퓨터랑 친해진 거야."

선생님은 그렇게 인터넷과 놀면서 게임도 하게 되었답니다. 게임에 재미를 붙인 뒤에는 학교에서 돌아오자마자 컴퓨터부터 켰어요. 책가방은 그대로 던져둔 채

옷도 갈아입지 않고 온라인게임 속으로 빠져드는 거였어요.

"중학교에 들어간 뒤에는 게임은 거의 다 해봤지. 저녁에는 부모님 중에 한 분이 퇴근하셔야 겨우 컴퓨터를 끄는 거야. 그랬다가 밤늦게 부모님이 잠자리에 들면 다시 컴퓨터를 켰지. 아마 너희들도 가끔 게임을 하다보면 언제 자정이 넘어가는지 모를 때가 있을 거야. 그렇지?"

"전 세 번쯤 되는데요, 그중 한번이 달걀귀신으로 몰려 아빠한테 배드민턴 라켓으로 실컷 얻어맞은 날이었어요."

철이 대답에 선생님은 송이가 들려준 달걀귀신 소동을 떠올리면서 다시 한 번 웃으셨어요. 다미도 함께 웃기는 했지만, 게임을 하면서 자정을 넘긴다는 사실을 이해할 수가 없었어요.

'아무리 재미있는 일도 자주 하거나 오래 하면 지루해지는데, 게임은 안 그런가? 한밤중까지 게임을 하다니….'

태연이는 이제 2학년인데도 오히려 철이보다 자정을 넘긴 경험이 더 많았어요. 부모님이 맞벌이하시는 거며, 외아들인 것까지 선생님과 똑같았지요. 아직까지 게임 중독이 뭔지도 모르지만 덜컥 겁이 나는 것이었어요.

‘혹시 나도 게임중독이 되는 건 아닐까?’

선생님은 친구들이랑 놀지도 않고 들어앉아 게임만 하다가 돼지라는 별명을 얻을 정도로 살이 쪘다고 했어요. 게임 말고 달리 좋아하는 일이나 취미도 없었어요. 오로지 학교에 다녀와서 먹고 자는 시간을 빼면 게임에만 빠져서 살았으니까요.

“어느 날 저녁에는 아버지께서 제발 운동 좀 하라면서 등을 떠밀어 내보내시는 거야. 저녁마다 자기 전에 30분씩 걷기 운동을 하라는 거였지. 뚱보에 돼지 소리는 듣기 싫어서 동네를 한 바퀴 도는데 눈앞에 게임이 어른거려서 못 견디겠더군.”

“그래서 어떡하셨어요?”

태연이가 눈빛을 반짝이면서 선생님을 쳐다봤어요.

“왜, 너도 아빠한테 운동하라고 쫓겨난 적 있니?”

“으으, 선생님…. 어떻게 아셨어요?”

“동네를 한 바퀴 도는데 웬 PC방이 그렇게 많이 보이는지.”

“운동하시다 말고 PC방에 가신 거예요?”

“그래! 게임중독이 그래서 무서운 거야. 알겠니, 김태연?”

“예, 선생님….”

선생님의 이야기는 점점 더 깊은 게임중독의 세계로

들어갔어요. 아이들은 때로는 무섭기도 하고 때로는 오싹 소름이 돋기도 했답니다. 태연이는 더 큰 충격에 휩싸이는 눈치였어요.

선생님은 고등학교에 들어가서도 하루 평균 5시간은 게임을 했대요. 학교에서 돌아오면 컴퓨터를 켜고 메신저를 접속한 뒤에 친구들과 대화하면서 게임을 했어요.

게임을 끝내고 잠잘 때도 컴퓨터를 끄지 않았어요. 메신저를 켜두고 자다가 친구들이 접속하면 일어나서 답변을 해주느라고.

"친구들은 나를 메신저 지킴이라고 했다. 나더러 게임중독에 메신저 중독이라고 하는 친구들도 있었거든. 난 중독이 아니라고 펄쩍 뛰었지. 내가 잠든 새벽에도 메신저 접속하는 친구들이 많은데, 왜 나만 중독이냐고 반문한 거야. 게임중독이든 메신저 중독이든, 자기가 중독이라는 것을 깨닫지 못하는 게 큰 문제점이야. 그러면서 점점 깊은 중독이 되니까."

고등학교 시절을 대학입시 준비보다 게임에 매달려 지냈으니 대학에 떨어진 것은 당연한 일이었어요. 대학에 들어가지 못한 스트레스로 외출도 하지 않으면서 다시 컴퓨터하고만 놀았어요.

학교에 다닐 때에는 하루에 너덧 시간 하던 인터넷을, 고등학교 졸업한 뒤로 재수를 하면서부터는 하루

열댓 시간은 보통이었어요. 이번에는 메신저보다 게임에 더 매달렸어요. 친구도 안 만나고 끼니도 자주 건너뛰면서.

"그때 주로 어떤 게임을 하셨어요, 선생님?"

태연이가 선생님의 말을 끊으면서 물었어요.

"주로 총칼 같은 위협적인 무기를 갖고 싸우는 게임이었지. 자극적이고 폭력적인 장면이 많은 잔인한 게임들이었다. 그런 게임을 밤낮없이 해대니까, 게임에 몰두할 때는 가족이 옆에서 불러도 들리지 않는 거야. 나도 모르게 성격까지 예민하고 난폭해지고."

부모님이 게임을 못하게 하면 짜증을 부리면서 대들기도 했어요. 나중에 어머니는 이런 말씀까지 하셨답니다.

"네가 짜증부리면서 대들 때면 너의 눈동자를 마주 보는 게 무서웠다. 마치 당장 공격이라도 할 것처럼 섬뜩하고 무서운 눈빛이었거든."

선생님은 나중에 인터넷 쇼핑중독까지 걸렸어요. 게임을 하는 중간에 필요한 물건을 사다보니, 나중에는 쓸데없는 물건까지 마구 사들이게 된 거예요.

"게임중독을 이겨내려면 무엇보다 스스로 그 심각함을 깨달아야 한다. 게임중독은 본인은 물론 가족에게까지 피해를 주게 된다. 게임중독이 되면 게임 캐릭터처럼 말이나 행동이 폭력적이고 참을성도 부족해지거든.

이때 가족이나 친구들의 역할도 중요하다. 꾸짖거나 비난하기보다는 게임중독이 얼마나 위험한 것인지를 알려주고, 침착하게 대화를 하는 게 좋다.”

부모님은 이제부터라도 열심히 공부해서 원하는 대학에 들어가도록 하라는 말씀을 자주 하셨답니다. 그때마다 선생님은 알아서 할 테니 간섭하지 말라고 화를 내면서 듣지 않았어요.

“지금도 그때 일을 생각하면 부모님께 정말 죄송하고 후회가 된다. 내가 그렇게 못되게 구는데도 부모님은 인내심을 갖고 침착하게 나와 대화를 하셨거든.”

어느 날, 어머니가 한 텔레비전 프로그램을 녹화했다가 보여주셨어요. 게임중독 문제를 다룬 다큐멘터리였답니다. 여러 유형의 게임중독 사례를 실제 인물을 통해 보여주면서, 그들이 극복하는 과정을 다룬 내용이었어요.

“선생님은 그 다큐멘터리를 보면서 큰 충격을 받았다. 다큐멘터리에 등장하는 사람들의 중독현상은 나보다 더 심각한 경우가 대부분이었거든. 그걸 보면서 이런 생각이 들더라고. 아, 나도 게임중독을 하루빨리 해결하지 못하면 저렇게 되겠구나! 난 비로소 내가 얼마나 깊이 게임에 빠져 있는지를 깨닫게 된 거야.”

함께 다큐멘터리를 보고 난 어머니가 조용히 말씀하

셨어요.

"엄마 아빠는 네가 대학입시에 실패하고 집안에 들어앉아 하루 종일 컴퓨터에 매달리는 걸 보면서 많이 안타까웠다. 그렇지만 엄마는 우리보다 네가 훨씬 더 힘들었을 거라는 사실을 누구보다 잘 안다. 우리 함께 힘내서 이 위기를 극복해보자꾸나."

어머니 말씀에 선생님의 마음도 변하기 시작했답니다.

그 무렵, 선생님은 한 인터넷게임 동호회에 가입해 있었어요. 얼굴도 모르는 사람들이 인터넷에서 닉네임으로 대화를 나눴지요. 자신의 게임 실력도 자랑하고, 다양한 게임 정보도 교환하는 동호회였으니까요.

어머니와 다큐멘터리를 본 뒤의 어느 날, 게임 동호회 사람들의 모임이 있었어요. 선생님은 그들의 모습이 궁금해서 모임에 참석했답니다.

약속 장소에 나가보니 십여 명이 모였는데, 다들 선생님처럼 게임에 빠져서 사는 사람들이었어요. 고등학생에서 대학생, 직장인 등 십대에서 삼십대 후반까지 다양했어요.

게임에 대해서는 다들 대단한 실력을 갖고 있었어요. 그곳에서는 어떤 게임에 대한 정보도 어렵지 않게 얻을 수 있었지요. 그러나 대화를 나누는 동안 선생님은 기대보다는 실망만 쌓여갔어요.

현재 학생인 사람들은 학교생활과 공부는 뒷전인 채 게임에만 매달리는 듯했어요. 직장생활을 하는 사람들도 회사 일보다는 게임이 먼저였고요. 직장생활을 하면서도 게임에서 벗어나지 못하고들 있었어요. 게임세계에서는 저마다 앞서갈지 몰라도, 희망이 보이지 않는 생활을 하는 사람들이라는 느낌이 들었지요.

"나도 하루빨리 정신 차리지 않으면 저 사람들처럼 되겠구나!"

충격을 받은 선생님은 독한 마음을 먹고 인터넷을 해지했답니다. 인터넷이 해지되니 참으로 견디기 힘들었지만 외출도 하지 않았어요. 밖에 나가면 PC방에 가서 다시 게임을 할 것 같아서였지요.

며칠 지나자 밖으로 나가고 싶었어요. 할 일이 없으니 친구들이며 바깥일이 궁금해진 거예요. 어머니도 나가서 친구들을 만나라고 격려해주셨어요.

선생님은 외출을 시작했어요. 그런데 이번에는 사람들을 만나는 일이 그렇게 어려운지 몰랐어요. 괜히 긴장되고, 얼굴을 마주보며 대화하기가 여간 불편한 게 아니었어요.

당장 컴퓨터를 켜고 인터넷에 들어가고 싶었지요. 늘 그랬던 것처럼, 얼굴도 보이지 않는 사람들과 아무 표정도 없는 대화를 하고 싶었어요. 여태까지 사람들을 그런 방식으로 만나는 데에 익숙해진 거예요.

계속 사람들을 만나면서 차츰 대화하는 일이 편해졌어요. 관심 있게 지켜보던 몇몇 친구들이 조심스럽게 권했어요.

"인터넷을 다시 연결하고, 네가 관심 있는 분야의 사람들과 어울려봐. 그러면 대화도 훨씬 유익하고 재미있을 거야."

"다시 인터넷을 하다가 게임중독이 재발하면 어떡하지?"

"구더기 무섭다고 장을 안 담글 수는 없잖아? 공부를 하거나 사회생활을 하거나 인터넷을 피하고는 살기 어려운 세상이라고. 인터넷 사용을 통제하는 조절능력을 스스로 키우는 수밖에 없어."

부모님도 친구들과 같은 얘기를 해주셨답니다.

"게임중독을 고치기 위해 인터넷을 해지했지만, 언제까지 인터넷을 사용하지 않을 수는 없다. 피하려고만 하지 말고, 친구들 권고대로 해봐라."

그때 어머니는 선생님께 솔깃한 제안을 하셨어요.

"대학에 들어가면 배낭여행으로 해외에 나가보고 싶다고 했지? 인터넷을 다시 연결하고 여행 동호회 활동을 해보면 어떻겠니? 내년에 대학에도 들어가고, 인터넷을 적절하게 사용하게 되면, 엄마가 해외여행을 보내주마."

선생님은 부모님의 격려로 다시 인터넷을 연결했어요. 연결하자마자 게임을 하고 싶은 유혹이 강력했지만 참고 또 참았어요. 일단 배낭여행이라는 인터넷 사용의 목적이 생기니 게임의 유혹을 극복하기는 어렵지 않았어요.

선생님은 인터넷 여행 동호회에 가입했어요. 온라인으로 동호회 사람들을 만나 정보를 교환하다가, 밖에서 그들을 직접 만나 경험담을 들으면서 여행 계획도 세웠어요.

게임 동호회에서 만났던 사람들과는 전혀 다른 분위기였어요. 게임이나 메신저, 쇼핑의 역할만 했던 인터넷이 이제 건전한 사람들과의 만남을 연결해주는 고리가 된 것이지요.

"게임중독을 극복하면서 선생님은 이듬해에 무난히 대학입시에 성공했다. 해외 배낭여행도 다니기 시작했고. 인터넷은 이제 우리 생활에 없어서는 안 될 중요한 정보통신 매체다. 인터넷 세상에 들어가면 그야말로 없는 게 없지 않니? 그것들을 얼마나 적절히 사용하고, 유용하게 활용하느냐에 따라 우리의 장래도 달라질 수 있다."

선생님은 인터넷에 빠져 허우적대던 시절을 지금도 가끔 떠올린다고 합니다. 생각할수록 후회만 남는 기억뿐이지만. 그 시절로 다시 되돌아갈 수만 있다면, 마음껏 공부하고 마음껏 운동하고 마음껏 친구들을 사귀고 싶다고 말씀하셨어요.

"게임을 아예 하지 말라는 건 아니다. 다만 게임은 중독성이 매우 강하기 때문에 한번 빠지면 금방 중독이 되는 속성이 있거든. 게임을 하면서 스스로 절제하는 마음가짐이 아주 중요하지. 선생님은 지금도 가끔 게임을 즐기지만, 게임중독에서 벗어난 이후로 한 시간 이상 해본 적이 없다."

선생님의 경험담은 아이들한테 충격적이기도 했지만, 중요한 교훈이 되기도 했어요. 특히 석기는 자신도 게임의 유혹을 이겨낼 수 있다는 희망을 갖게 되었지요.

석기는 숙제를 할 때부터 몹시 궁금한 점이 있었어요.

"선생님께선는 스스로를 게임중독이었다고 말씀하셨잖아요?"

"그랬지. 하지만 게임에 폭 빠져 지낼 때는 내가 게임중독이라고 생각하진 않았다. 아까도 얘기했지만, 게임중독은 스스로 인정하지 못하는 게 가장 큰 문제다. 그것 때문에 게임중독에서 벗어나기가 더욱 어려워지거든. 자신은 아직 게임중독이 아닐 거라고 생각하니까, 게임중독에서 탈출하려는 노력을 시도하지도 않게 된단 말이지."

“저도 제가 게임중독에 빠졌다고 생각해본 적은 없거든요. 그렇지만 제가 봐도 좀 심하다는 생각은 해요. 선생님, 저도 게임중독일까요?”

사실 석기뿐만 아니라 태연이도 그게 궁금했어요.

“선생님도 엊저녁에 게임중독을 주제로 숙제를 하면서 한 전문가가 분석한 걸 발견했다. 인터넷게임중독을 초기, 중기, 후기 등 3단계의 증상으로 나눠 놓은 거야. 그 얘기를 해줄 테니까 스스로 판단해보기 바란다.”

선생님은 게임중독 현상을 3단계로 나누어 설명하셨어요.

“우선 인터넷게임에 점점 깊이 빠져드는 것부터 초기증상이 시작된다. 시간 가는 줄 모르고 게임에 몰입하다보면 잠이 부족하겠지? 아침에 일어나기 힘들어지면서 지각도 하고, 수업시간에 졸거나 멍한 표정이 되기도 한다. 스스로도 게임을 지나치게 많이 한다는 건 어느 정도 알고 있다. 자, 본인한테 이런 증상이 있다고 생각하는 사람은 손을 들어볼까?”

석기는 망설이지 않고 손을 들었어요. 선생님이 고개를 끄덕이고는 태연이를 곁눈으로 살피셨어요. 주변 눈치를 살피던 태연이는 선생님과 눈이 마주치자 천천히 손을 들어 올렸어요.

“지각을 하거나 수업시간에 졸지는 않지만, 다른 건…”

“저도 태연이랑 같은데요, 선생님?”

철이도 태연이와 같은 의견이었어요.

“그래, 솔직하게 말해줘서 고맙다. 그럼, 그 다음 단계 증상을 알아볼까? 게임중독 중기에 접어들면 서서히 학교생활이나 일상생활에 적응하는 데에 문제가 생긴다. 예를 들면 조금씩 성적이 떨어진다거나, 지각과 조퇴와 결석을 자주 하게 된다. PC방에 가려고 가족에게 거짓말을 하거나 심지어 부모님의 지갑에 손을 대기도 한다.”

선생님은 석기와 철이와 태연이를 번갈아 쳐다보셨어요. 철이는 비로소 표정이 밝아졌어요. 자신이 초기증상에 해당된다는 걸 발견했을 때는 놀라는 기색이 역력했거든요. 그런데 선생님이 말씀하신 게임중독 중기 증상에는 해당되는 것이 없었어요.

석기는 또다시 주저 없이 손을 들었어요.

“부모님 지갑에 손을 대진 않았지만, 나머지는 맞아요.”

그렇다면 ‘가족에게 거짓말을 한다.’ 는 사항은 인정한 셈이었어요.

그런데 태연이의 표정이 참 복잡해 보였어요. 게임 때문에 지각이나 조퇴나 결석을 한 적은 없었어요. 하지만 가족에게 거짓말을 하고 부모님 돈에 손을 댄 일은 있었거든요.

선생님이 말없이 태연이를 바라보셨어요. 태연이는 주저하는 얼굴로 아이들을 둘러보았어요. 태연이가 선뜻 결심을 못하자 선생님이 말씀하셨어요.

"싫으면 말하지 않아도 된다, 김태연."

"흉보지 않으실 거죠? 형들이랑 송이도….”

다미가 그러는 태연이를 다독여주었어요.

"선생님께서 말씀하셨지? 하기 싫으면 말하지 않아도 된다고.”

"그래, 태연아. 네가 말하지 않아도 나무랄 사람은 아무도 없어."

"흉보거나 소문낼 사람도 없을 걸?"

철이와 송이가 차례로 말하면서 주변을 둘러봤어요. 다들 고개를 끄덕이면서 철이와 송이 말에 동의했지요.

"히히, 창피해서…. 사실은 딱 한번, 정말 딱 한번이에요. 친구네 집에 놀러간다고 거짓말하고 PC방에 간 적이 있어요. 또 한 번은 엄마가 시장에 가신 뒤에 PC방에 가려고 하는데, 주머니에 동전 몇 개밖에 없는 거예요. 근데, 식탁에 엄마가 놔둔 백 원짜리 여섯 개가 눈에 확 들어오잖아요."

주머니를 뒤져보니 백 원짜리 다섯 개가 나왔어요. 태연이는 식탁 위의 6백 원을 주머니에 넣고 PC방으로 달려갔다고 고백했어요.

사랑방 교실에 모인 아이들은 잠시 키득키득 웃었어요.
선생님도 입가에 웃음을 흘리면서 말씀을 계속하셨어요.
　"그럼, 가장 심각한 게임중독 후기 증상은 어떨까?
우선 게임을 매일 하지 않으면 견디기 힘들고, 일단 게
임을 시작하면 시간 가는 줄 모르고 계속한다. 당연히
일상생활이나 학교생활에 장애가 생기는 단계지. 그리
고 게임중독을 벗어나고, 게임 하는 시간이라도 줄여보
려고 여러 가지로 노력을 하게 된다. 그렇지만 번번이
실패를 거듭하느라 꽤 지쳐 있는 상태이기도 하다.

　게임중독 후기 증상은 심각한 상태여서, 장기결석을
하거나 학교에 다니지 않겠다면서 학교생활을 거부하기

도 한다. 친구 사귀는 일이나 친구들이랑 어울리는 것
도 중요하지 않게 생각하지. 성격도 거칠고 예민해지게
되는데, 참을성이 부족하니까 가족이나 친구들이랑 사
소한 일로도 다투거든. 뿐만 아니라 게임 말고는 다른
일들은 다 귀찮아지는 거야. 점점 가족이나 주변사람들
로부터 멀어지고 외톨이가 되는 현상이 생기는 거지.

　학교에서는 성적이 크게 떨어지고, 이젠 돈을 구하기
도 빌리기도 어렵게 되거든. 거짓말을 하고 훔치는 단
계를 거치면서 신용을 잃은 거지. 그러니까 주변의 어
린아이들한테 돈을 빼앗아서 PC방에 가는 일까지 생
기는 단계야. 표정이 다들 밝은 걸 보니 아무도 후기
증상에 해당되진 않는가 보구나? 선생님도 그럴 거라
고 짐작했다.”

　선생님은 잠시 말을 멈추고 아이들을 바라보셨어요.
보드게임 정도는 가끔 하지만, 게임을 별로 좋아하지
않는 다미와 송이도 오늘 토론회가 참 유익하다고 느
꼈어요. 게임중독에 대해서도 알게 되었고, 무엇보다
친구들의 고민과 관심거리를 깊이 이해했다는 점이 좋
았어요.

　철이는 석기와의 우정을 다시 확인하고, 서로 이해하
는 마음을 갖게 되어서 기뻤어요. 석기와 태연이는 스
스로의 게임중독 증상을 파악할 수 있어서 의미 깊은

시간이 되었지요.

"각자 잘 생각해보면 자신이 게임중독인지 아닌지, 또 게임중독이라면 초기와 중기와 후기 증상 중에 어디에 해당되는지 짐작할 수 있을 거다. 본인이 게임중독이라고 판단되면, 그 다음에는 어떻게 해야 되지?"

"게임중독에서 벗어나야 합니다!"

석기가 결의에 찬 얼굴로 대답했어요. 그 대답은 곧 스스로에게 하는 말처럼 여겨졌지요

"그래, 게임중독을 이겨내야지. 그 신나고 재미있는 게임을 떳떳하게 즐길 수 있도록 해야 된다. 그럼, 어떻게 해야 게임중독을 이겨낼 수 있을까?"

사실 석기는 바로 그 대답을 듣고 싶어서, 조금 전에 자신이 게임중독인지 선생님께 여쭈었던 거예요. 그런데 선생님은 오히려 자신들에게 그 방법을 묻고 있었어요.

다들 우물쭈물 대답을 못하는데 철이가 손을 들었어요.

"선생님의 경험담 속에 해답이 있다고 생각합니다."

"철이는 선생님 이야기를 들으면서 요점을 정리했니?"

"네, 선생님. 석기와 선생님의 경험담, 선생님의 말씀 등을 종합해서 제 나름대로 요점을 정리하여 필기했습니다."

"아주 잘했다, 강철. 그럼 철이가 분석하고 정리한, 게임중독을 이겨내는 방법을 들어볼까?"

철이는 노트를 펴놓고 자신이 필기한 내용을 발표했어요.

"무엇보다 먼저 인터넷게임중독 단계별 증상 같은 자료를 보면서, 자신의 중독 정도를 파악하고 스스로 인정하는 일이 중요합니다. 게임중독은 부모님이라 할지라도 대신 치료해줄 수가 없기 때문에 스스로 이겨내겠다는 결심이 필요합니다. 즉, 인터넷이나 게임에서 벗어나려고 하기보다는 사용하는 시간을 절제하고 자신의 의지력을 길러야 합니다. 이때 가족과 선생님과 친구 등 주변 사람들의 도움을 받으면 더욱

효과적입니다. 그리하여 인터넷을 자신에게 유익하게 사용하고, 게임은 시간을 정해놓고 즐기도록 합니다."

자세한 설명은 선생님께서 하셨기 때문에 철이는 요

점만을 정리해서 발표했어요. 석기는 그 요점만 들어도
지금까지 들은 선생님 말씀이 죄다 되살아났어요.

"잘했어, 강철! 고마워."

석기는 철이한테 엄지손가락을 들어 감사 표시를 했지요.

선생님이 시계를 들여다보더니 토론회 마무리를 하셨
어요.

"다른 질문 없으면 오늘 토론회는 여기서 끝낼까 한다."

다들 흡족한 마음으로 주변 정리를 했어요.

"선생님은 오늘의 만남을 두고두고 잊지 않을 거다.
너희들처럼 예쁘고 믿음직한 제자를 두게 되어서 참으로
보람되고 기쁘다. 딱히 게임중독의 문제가 아니더라도,
혼자 해결하기 어려운 일이 생기면 주저하고 감추지 말
고 선생님을 찾아오기 바란다. 선생님은 너희들을 자랑
스럽게 생각하고, 또 굳게 믿고 사랑하니까. 알겠지?"

조용하던 태연이가 눈치를 보면서 손을 들었어요.

"어제처럼 피자 먹고 싶을 때도 괜찮아요?"

태연이의 질문에 다들 와르르 웃었어요. 사실은 모두
배가 고프던 참이었어요. 어제 선생님께서 사주신 보름
달 같은 피자 생각이 간절했거든요.

"너희들 배고프냐?"

"예, 선생님!"

아이들은 입을 모아 큰소리로 대답하였어요.

"선생님을 사랑한다는 박수를 보내주면 생각해보마."

짝짝짝!

다섯 아이의 박수소리가 사랑방 교실을 울렸어요.

"박수소리 한번 우렁차구나. 하하…."

그날 아이들은 선생님이 사주시는 떡볶이를 맛나게 먹었답니다. 그리고 석기는 굳게 결심했어요. 아무리 힘들더라도 기어코 게임중독을 이겨내겠다고. 그리하여 게임을 즐길 줄 아는 진정한 겜짱이 되겠다고.

그날 저녁, 석기는 '게임중독 탈출 5계명'을 만들었어요. 게임중독에서 벗어나기 위한 다섯 가지 행동수칙이지요. 석기가 책상 앞에 붙여둔 5계명은 다음과 같답니다.

<게임중독 탈출 5계명>

1. **기상시간과 취침시간을 지킨다.** (규칙적인 생활하기)

2. **예습, 복습, 숙제부터 한다.** (학교생활 충실하기)

3. **친구들과 취미활동을 즐긴다.** (친구들과 어울리기)

4. **게임 이용 시간을 지킨다.** (절제력 기르기)

5. **게임사용 규칙을 준수한다.** (이용연령과 시간 지키기)

계명 1은 규칙적인 생활하기예요.

기상시간과 취침시간은 무엇보다 건강을 위해 필수

적입니다. 일찍 자고 일찍 일어나는 등 규칙적인 생활
로 건강과 활력을 되찾도록 노력합니다.

계명 2는 학교생활 충실하기예요.

여태까지는 학교생활보다 게임 위주의 생활을 했습
니다. 지각과 결석이 잦았고, 성적도 곤두박질칠 수밖
에 없었습니다. 예습, 복습, 숙제 등을 우선적으로 하
는 등 뒤떨어진 공부를 따라잡아야 합니다.

계명 3은 친구들과 어울리기예요.

게임에만 몰입하느라 친구도 없이 외돌토리로 지냈습니다. 친구들과 어울려 놀기, 친구들과 운동하기 등은 어린이들의 성장과정에 더없이 중요한 일입니다.

석기는 다미, 철이, 태연이와 함께 인라인스케이트를 타기로 했어요. 친구들과 함께 어울려 놀면서, 게임의 유혹을 물리치고 활기찬 생활을 하는 일석이조의 취미 활동이지요. 물론 친구들이 적극 도와주어서 가능한 일이었어요.

계명 4는 절제력 기르기예요.

하루의 게임 시간을 정해 놓고 그대로 실천합니다. 당장 게임 시간을 한두 시간으로 줄이기는 어려운 일입니다. 평일에는 두세 시간, 주말에는 너덧 시간으로 정해놓고, 차츰 게임 시간을 스스로 조절하는 절제력을 기릅니다.

계명 5는 게임사용 규칙을 지키는 일이에요.

18세 이상에게 허용되는 게임은 거칠고 폭력적인 내용이 많고, 게임을 하는 데에도 오랜 시간이 필요합니다. 이처럼 초등학생에게는 맞지 않는 게임은 피하려는 계명입니다.

석기는 아침에 잠자리에서 일어나면 먼저 5계명부터 읽고 하루를 시작했어요. 저녁에는 잠자리에 들기 전에 5계명을 철저히 지켰는지 반성하고요.

게임의 유혹은 참으로 끈질겨서 처음에는 5계명 지키기가 여간 어렵지 않았어요. 그렇지만 그때마다 사랑방 교실 선생님과 친구들을 떠올리면서 결심을 새롭게 했어요.

"나는 할 수 있다! 한석기, 파이팅!"

석기는 하루에도 몇 번씩 속으로 외치곤 했어요.

7. 망둥이와 꼴뚜기

석기의 **'게임중독 탈출 5계명'** 실천이 한 달쯤 지났어요. 처음 한두 주일은 정말 하루에도 몇 번씩 포기하고 싶었어요. 도무지 아무 일도 손에 잡히지 않았거든요. 학교나 학원이나 집에서나 공부에 집중도 잘 안 되었어요.

사소한 일에도 짜증을 내며 벌컥벌컥 화를 냈어요. 당장 컴퓨터를 켜고 잠깐만이라도 게임을 하고 싶었어요. 그러면 모든 일이 잘 되고, 신경질도 안 부릴 것 같았지요.

석기는 혼자 이겨내기 어려울 때에는 정다운 선생님을 만났어요.

"그래, 힘들 때는 언제라도 사랑방 교실로 오너라. 선생님도 게임중독을 벗어날 때 경험했는데, 바로 그게 금단현상이다. 여태까지 게임에 길들여진 너의 몸과 마음이 자꾸만 유혹을 하는 거야. 어른들이 오랫동안 피우던 담배를 끊을 때도 그런 현상이 온단다. 마약 중독자들이 마약을 끊을 때에는 그보다 더 극심한 금단현상으로 고생하지. 하지만 바로 그 유혹부터 뿌리쳐야 이길 수 있으니까, 참고 견뎌야 한다. 넌 반드시 해낼 수 있을 거야!"

선생님의 충고와 격려는 큰 힘이 되었어요.

그렇게 두 달쯤 되니까 5계명 실천이 제법 익숙해졌

어요. 이대로만 간다면 곧 목표를 달성하겠다는 자신감
도 생겼어요.

"게임을 건강하게 즐기는 진정한 겜짱이 되고 말 거야!"

석기는 오랜만에 기분 좋은 성취감까지 맛보았답니다.

그러던 어느 날, 오랜만에 부모님과 함께 저녁식사를
했어요. 지난번 무단결석 사건 이후로 처음 함께 하는
자리였어요. 아빠는 여전히 뚱한 표정으로 식사만 하셨
어요. 엄마나 석기도 아빠 눈치 보느라 식사도 건성으
로 했지요.

식사가 끝난 뒤에 아빠가 비로소 말씀을 하셨어요.

"회사 일이 바쁘지만 내일 하루 휴가를 냈다."

석기는 영문을 몰라 멀뚱한 얼굴로 아빠를 쳐다봤지
요. 혹시 오랜만에 함께 가족 나들이라도 하자는 줄 알
았어요.

"네 문제를 이대로 놔둘 수가 없어서 어렵게 낸 휴
가야."

석기는 잠시나마 좋았던 마음이 긴장으로 바뀌고 말았
어요. 아빠 마음을 알 수가 없어서 엄마를 쳐다봤어요.
엄마는 석기의 눈길을 피하면서 부엌으로 가버렸어요.

"내일 아빠랑 함께 병원에 가자. 예약해뒀다."

"병원에는 왜요? 저 건강한데요, 아빠?"

"게임중독 상담으로 유명한 신경정신과 박사님이야."

석기는 뜻밖의 말씀에 놀라기보다는 화부터 솟구쳤어요.

"저 멀쩡해요, 게임 끊었다고요. 병원 안 가도 돼요!"

석기는 퉁명스럽게 말하고는 벌떡 일어나 버렸어요.

"이런 괘씸한 녀석, 어른 말씀 도중에 일어서다니!"

제방으로 가려던 석기는 엄마의 눈짓에 발을 멈췄어요.

"냉큼 앉지 못하니? 내가 널 그렇게 가르쳤어?"

석기는 다시 식탁의자에 돌아와 앉으면서 말했어요.

"진짜 게임 끊었어요. 학교 상담선생님이랑 상담도 하고요."

"학교 선생님이 공부나 가르치지 어떻게 게임중독 상담을 해?"

"게임중독에 대해서 잘 아시는 선생님이에요, 아빠."

"잔소리 말고 내일 아빠랑 병원에 가서 검사를 받자!"

"저 정말 두 달 넘게 게임 한 번도 하지 않았어요."

"게임 안 한다, 게임 끊었다! 한두 번 듣는 거짓말이냐?"

"이번엔 진짜라고요, 아빠. 제발 믿어주세요."

"진짜다, 믿어 달라, 하더니 지각에 무단결석까지 했잖아?"

석기는 할 수만 있다면 가슴을 열어 보여드리고 싶었어요.

"한번만 더 믿어주세요, 아빠. 정말 게임 안 해요, 이젠"

“아빠가 어렵게 낸 휴가다. 유명한 의사도 어렵게
예약했고.”
아빠는 전혀 석기를 믿어주려고 하지 않았어요. 기어
코 병원에 데리고 가서 상담을 받게 할 기세였지요. 바
로 그때 귀에 익은 목소리가 귓가에서 속닥거렸어요.
“나가자, 석기야! 이럴 땐 PC방에서 딱 한 게임이
약이야.”
게임을 끊은 뒤로 끈질기게 매달리던 겜마였어요. 석기
가 바위처럼 움직이지 않자 요즘은 나타나지 않았지요.
“냉큼 대답하지 못하겠니? 혼이 나봐야 정신 차릴
거야?”
위협적인 아빠의 목소리가 석기의 마음을 뒤흔들었어요.
“정말 너무 하세요, 아빠. 그렇게도 제 마음을 모르
세요?”
“잔소리 말고 내일 수업 끝나면 교문 앞에서 아빠
랑 만나자.”
사실 그 동안 엄마 아빠 몰래 게임에 빠져 지내긴
했어요. 학원 대신 PC방에서 게임에 몰두했고, 공부도
뒷전이었지요. 나중에는 지각을 거듭하다가 결석까지
하면서 게임을 했어요. 그게 다 엄마 아빠 눈을 피하고
속여가면서 한 일이지요.
그렇지만 이번만은 독하게 마음먹고 게임중독을 스

스로 치료하는 중이었어요. 정다운 선생님이며 친구들에 동생들까지 도와주어서 성공적으로 게임을 끊고 있었지요. 아직도 핑계거리만 생기면 컴퓨터를 켜거나 PC방으로 달려가고 싶었어요. 그런데 다른 사람도 아닌 엄마 아빠가 이러시니 억눌러놓은 게임중독이 되살아나려고 하는 것이었어요.

"엄마 아빠는 언제나 제 생각은 안 해주잖아요. 넌 공부만 잘하면 된다, 넌 어른들이 하는 대로 따라오기만 하면 된다! 언제나 엄마 아빠 맘대로 하잖아요! 지금 제가 뭘 고민하는지, 뭘 하고 싶은지 한번이라도 생각해본 적이 있나요, 한번이라도 다정하게 물어본 적이나 있나요?"

이것도 게임중독의 금단현상일까요? 석기는 저도 모르게 뱃속에서 꾸역꾸역 올라오는 말을 마구 쏟아내면서 깜짝 놀랐어요. 어른들한테 그래서는 안 된다는 생각까지 하면서 소리를 질러댔으니까요.

"뭐가 어쩌고 어째? 이런 버르장머리 없는 녀석을 봤나?"

아빠가 얼굴이 벌게지면서 주변을 두리번거렸어요. 가만히 앉아 있다가는 몇 대 얻어맞을 게 뻔했어요. 엄마가 얼른 석기의 등을 떠밀었어요. 엄마는 석기를 제 방으로 들여보내려는 것이었지만, 겜마가 석기의 손을 잡고 집을 뛰쳐나오고 말았답니다.

석기는 답답한 가슴을 쾅쾅 치면서 자꾸만 심호흡을 했어요.

"잘했어, 한석기! 잔소리를 피해 나오니까 시원하잖아?"

겜마가 위로하는 척하면서 게임 생각이 간절하게 했어요.

"가자, 한석기! 이럴 땐 그저 딱 한 게임이 최고야! 그 좋은 게임을 왜 끊겠다고 그 고생이니? 오랜만에 한번 신나게 즐겨보는 거야, 한석기!"

석기는 겜마가 이끄는 대로 터덜터덜 걸어갔어요.

"석기 아니냐? 천재 겜짱, 얼굴 본 지 두 달 다 됐지?"

정신을 차려보니 자신이 PC방에 들어와 있는 거예요. PC방 사장님과 낯익은 단골손님들이 죄다 반겨주었어요.

"네가 늘 앉던 자리를 비어줄 테니까 조금만 기다려라."

사장님이 음료수를 하나 따주면서 자리 정리를 했어요.

"아니에요, 사장님. 그냥 조금만 앉았다 갈게요."

"왜, 무슨 일 있니? 그러고 보니 얼굴이 창백한데?"

사장님이 석기의 표정을 살피면서 의자를 내주셨어요.

잠시 앉아 있는데 문득 PC방 출입문이 벌컥 열렸어요.

"어어, 석기 형! 언제 왔어?"

무심코 돌아보니 태연이가 깜짝 반가워했어요.

"김태연! 웬일이야, 이 시간에?"

"형, 게임 끊었잖아? 다시 하는 거야?"

"아니야! 근데 어쩐 일이냐고, 다 늦은 저녁시간에."

둘이 주고받는 얘기를 들은 PC방 사장님이 물었어요.

"석기가 게임을 끊었다고? 그래서 요즘 안 보인 거야?"

사장님 얘기를 들은 단골손님들이 죄다 이쪽을 돌아봤어요.

"석기야, 그게 정말이야? 맘 잡은 거야?"

"그래, 잘했다! 좀 섭섭하기는 해도 공부가 더 중요하지."

"아아, 게임 천재 한 명이 공부에 희생되는구나! 하하…."

석기는 단골손님들 말에는 귀도 기울이지 않고 태연이 손을 잡고 PC방을 나왔어요. PC방은 건물의 맨 위층인 4층에 있었어요. 석기는 태연이를 데리고 옥상으로 올라갔어요.

"난 바람 쐬러 나왔다가 잠깐 들린 거야. 근데 넌 이렇게 늦게 웬일이야? 아직도 PC방 다니니? 아니면, 집에서 무슨 일 있었어?"

태연이는 옥상 난간에 기대앉으면서 투덜거렸어요.

"엄마랑 한바탕 하다가 뛰쳐나왔어…."

태연이는 요즘 엄마한테 용돈 중단 선언을 받았어요. 몰래 PC방을 드나들다가 엄마한테 들통이 난 거예요.

집에서는 인터넷과 게임 시간을 엄마한테 통제 받았어요. 좋아하는 게임을 마음 놓고 하기에 턱없이 부족한 시간이었어요. 그래서 엄마 몰래 PC방에 드나들면서 게임을 해왔지요.

오늘도 숙제를 끝내고 주머니를 뒤져봤지만 돈이 한 푼도 없었어요. 엄마한테 받은 일주일치 용돈이 이미 바닥난 뒤였어요.

"내일 PC방 갈 돈이 없네? 빌릴 데도 없고…."

방안을 서성이면서 PC방 갈 돈 만들 궁리를 했지요. 문득 책상 위에 놓인 돼지저금통이 눈에 들어왔어요. 돈이 생기면 무조건 10%씩 떼어서 넣어두는 저금통이에요. 여태까지는 돼지한테 손을 대는 일은 꿈도 꾸지 않았어요.

저도 모르게 큼지막한 돼지를 들어 흔들어보았어요. 무게와 소리로 미뤄 내용물이 절반은 채 안 되는 듯했어요. 거실로 나와 보니 엄마는 연속극을 보는 중이었어요.

"아빠는 늦으신대요?"

태연이는 슬쩍 엄마 눈치를 보면서 여쭈었어요.

"오시는 중이래, 지금. 엄마 말시키지 마, 심각한 장면이니까."

"알았어요, 엄만 연속극이 아들보다 더 좋죠?"

“지금 동문서답할 상황 아니다, 아들!”

기회를 노리던 33번 구미호 겜마가 태연이를 자극했어요.

“돼지 잡아서 PC방 가자. 딱 한 게임만 하고 오자고.”

태연이는 얼른 제방으로 들어와서 주머니칼을 찾아 챙겼어요. 뚱뚱한 돼지를 품안에 감추고 살금살금 방을 나왔지요. 엄마는 여전히 연속극을 보는 중이었어요. 옷깃을 여미면서 엄마 쪽으로 등을 돌린 채 현관문을 열었어요.

“밤늦게 어디 가는 거야?”

“바람 좀 쐬고 올게요.”

“PC방은 꿈도 꾸지 마!”

“갈 돈도 없어요!”

집을 나온 태연이는 계단으로 올라가 돼지를 잡기 시작했어요. 주머니칼로 돼지 배를 가르는데 생각처럼 쉽지 않았어요.

“열 번 찍어 안 넘어가는 나무 없다고 했으렷다!”

돼지저금통 밑바닥에 줄을 긋듯이 계속 칼날로 문질러댔어요. 조금씩 흠집이 나면서 돼지 배가 갈라지기 시작했어요. 그런데 바로 그때, 한쪽 귀에 지독한 통증이 느껴졌어요.

“아이고, 아파라! 누가 감히… 어어, 엄마!”

언제 나오셨는지 엄마가 태연이의 한쪽 귀를 잡고 잡아당겼어요. 엄마는 태연이가 바람 쐬러 나간다고 할 때 수상하게 생각했어요. 아들의 머리끝부터 발끝까지 훑으면서 불룩한 배를 발견했지요.

"돼지 들고 꿇어앉아!"

집안까지 귀를 잡혀 끌려온 태연이는 꼼짝없이 벌을 섰어요.

"아직 반도 안 찬 돼지를 잡다니, 어떻게 된 거야?"

"용돈이 부족해요, 엄마."

"요즘 엄마 몰래 PC방 다녀서 벌을 받는 중이잖아?"

"돼지도 제 용돈이잖아요…."

"그래서 네 맘대로 해도 된다고?"

"그건 아니지만, 저금은 필요할 때 쓰려고 하는 거잖아요."

“음, 용돈은 떨어졌고 돈은 필요하니 돼지를 잡는 중이라고?”

“네, 엄마….”

“근데 왜 몰래 숨어서 잡는 거야?”

“엄마, 그건 제 사생활….”

“떽! PC방 갈 돈 만들려고 돼지 잡는 게 사생활이야?”

엄마의 주먹이 사정없이 정수리에 내리꽂혔어요.

“아이고, 아파요! 엄마, 머리를 때리면 어떡해요?”

“당장 나가서 아파트 다섯 바퀴 뛰고 와!”

아파트 주위를 달리는 건 최근에 엄마가 개발한 벌이에요. 운동도 하고 반성도 하라면서 벌을 줄 때마다 등을 떠밀었어요.

“아이, 엄마…. 곧 아빠 들어오실 텐데, 한번만 봐주세요.”

“자꾸 토 달면 열 바퀴로 늘어날 수도 있다!”

태연이는 어쩔 수 없이 내려가서 뛰기 시작했어요.

당연히 엄마는 베란다에서 감시 중이었지요. 뒤쪽으

로 돌아가면 놀이터와 아파트 뒷문이 있어요. 세 바퀴째 달리는데 송이가 뒷문으로 들어서는 게 보였어요.

엄마한테 벌서는 장면을 송이한테 들킬 수는 없었지요. 태연이는 얼른 아파트 뜰에 있는 나무 뒤로 숨었어요. 송이는 슈퍼마켓에라도 다녀오는 모양이었어요. 비닐봉지를 든 송이가 깡충깡충 경쾌한 걸음으로 지나갔어요.

"기회는 이때야! 곧장 PC방으로 가서 딱 한 게임만!"

겜마가 태연이를 꼬드겨 아파트 뒷문을 빠져나가게 했어요.

"그 길로 곧장 PC방으로 왔다는 거야?"

"형, 천 원만 빌려줘. 딱 한 시간만 놀다 갈게."

석기는 평소 같았으면 태연이한테 돈을 주었을 거예요. 그렇지만 그런 태연이를 보자니 울컥 화가 치밀었어요. 마치 자신이 게임에 빠져들던 때를 보는 것 같았거든요.

"꼴뚜기 같은 자식, 벌서다 도망쳐서 게임을 하겠다고?"

"꼴뚜기라고? 어물전 망신시키는 그 꼴뚜기?"

"망둥이가 뛰니까 덩달아 뛰는 그 꼴뚜기!"

"에이, 어쨌든 둘 다 못난 꼴뚜기잖아?"

"알긴 아는구나. 얼른 들어가. 엄마가 찾아오기 전에."

"알았어, 형. 근데 내가 꼴뚜기면 망둥이는 누구야?"

"내가 망둥이다, 이 꼴뚜기야!"

“히히, 형이 왜 망둥이야?”

“너 요즘 하는 꼴이 꼭 내가 게임중독에 빠질 때랑 똑같단 말이야. 나처럼 나중에 후회하지 말고, 게임 좀 절제해라. 알았니?”

석기는 태연이 손을 잡고 PC방 건물을 나섰어요.

“엄마 걱정하실 텐데 얼른 달려가!”

“알았어, 형! 안녕!”

태연이는 바람처럼 달려 집으로 향했어요.

석기는 잠시 거리에 서서 밤하늘을 쳐다봤어요.

“오랜만에 PC방에 가서 딱 한 게임만 하고 가자, 응?”

겜마가 끈질기게 석기 마음속의 게임 욕구를 자극했어요.

“안 돼! 얼른 들어가서 부모님께 용서를 빌어야지.”

“그럼 내일 아빠랑 의사 선생님 만나러 갈 거야?”

“정다운 선생님과 상담하는 것으로 충분하다고 말씀드려야지.”

태연이를 만나 이야기를 나누다보니 자신의 마음도 어느새 가라앉았어요. 이제야 부모님께 죄송스런 마음이 들었지요. 자신도 힘들지만, 부모님은 더욱 속상하고 힘이 드실 거라고 이해가 되는 것이었어요.

“내일은 또 사랑방 교실에 가서 선생님을 만나야지.”

8. 인기 짱 꼬마 선생님

탱자나무도깨비가 아파트 경비아저씨에게 속닥거렸어요.
"아저씨, 뭐하세요? 재활용품 도둑이 또 왔어요!"
경비아저씨는 벌떡 일어나 경비실을 뛰쳐나왔어요.
"오늘은 예감이 무척 좋은데? 이번에는 꼭 잡고 말
테야!"
101동 경비로 부임한 아저씨는 벌써 여러 날 감시를
했어요. 누군가 주민들이 모은 재활용품에 손을 대는
것 같았거든요.
"앗, 귓가에 속삭이는 듯한 예감 그대로다!"
오늘 드디어 재활용통을 뒤지는 한 꼬마를 발견했어
요. 아저씨는 숨소리도 내지 않으면서 꼬마 뒤로 다가
갔어요.
"잡았다, 요 녀석! 꼼짝 마라!"
"앗, 왜 이래요? 이거 놔요!"
뒷덜미를 붙잡힌 꼬마는 거칠게 저항했어요.
"아파트 재활용통은 왜 뒤지는 거야?"
"내가 뭘 어쨌다고 그래요?"
꼬마는 불량스럽게도 눈을 부릅뜨고 노려봤어요. 울
컥 화가 난 경비아저씨가 꼬마의 머리를 쥐어박았어요.
"어른한테 눈을 부릅뜨고 노려보다니, 괘씸한 녀석!"
꼬마는 혼이 나면서도 더욱 격렬하게 대들었어요. 동
네 사람들한테 창피를 당할 게 겁이 나서 그런 거예요.

"아이, 씨! 왜 때리고 그래요? 내가 뭘 잘못했다고."

"재활용품은 주민들 재산인데, 왜 몰래 훔치는 거야?"

"갖고 놀던 공이 통에 들어가서 찾는 거라고요!"

꼬마의 말은 물론 거짓말이었어요.

"웬만하면 타일러서 보내려고 했는데, 안 되겠다."

꼬마가 마구 고함을 지르면서 버릇없이 나대자 경비 아저씨는 몹시 화가 났어요. 이번에는 꼬마의 멱살을 움켜잡았어요. 동네 파출소로 끌고 가려는 것이었지요. 그러자 꼬마는 더욱 거칠어지면서 마구 발길질까지 해 댔어요.

철이 할아버지가 나타난 것은 바로 그때였어요. 점심 식사를 하고 오후에 노인정에 가던 길이었어요. 꼬마의 얼굴을 보는 순간 깜짝 놀랐어요. 이름은 기억나지 않지만 할아버지가 아는 아이였거든요.

"애야, 너 우리 송이 친구 아니냐? 그렇지?"

"노인회장님 아니세요? 이 녀석을 아십니까?"

경비아저씨는 노인회장인 철이 할아버지를 금방 알아 봤어요. 할아버지는 고개를 끄덕여 보이고는 꼬마에게 다시 물었어요.

"송이 친구 맞지? 우리 단지 107동에 산다고 했던가?"

경비아저씨가 슬그머니 멱살 잡은 손을 놓았어요.

"아, 안녕하세요? 송이 할아버지…."

“그래, 네 이름이 뭐였더라?”

“태연이에요, 김태연….”

태연이는 돼지저금통을 부수려다 엄마한테 들킨 뒤로 한 달 동안 용돈이 묶이고 말았어요. 아파트 다섯 바퀴 달리기 벌을 서다 PC방으로 달아나는 바람에 엄마의 화를 돋운 것이지요.

한 달이나 용돈을 받지 못하게 되니 PC방은커녕 군 것질도 못하게 되었어요. 석기는 게임을 끊어버렸으니 돈 없이 PC방에 가도 게임머니나 아이템을 줄 사람이 없었지요.

고민 끝에 아파트 재활용품을 모으는 통을 뒤지기로 결심한 거예요. 부피 큰 물건은 어찌할 수 없으니까, 작고 값나가는 쇠붙이나 병 같은 걸 찾았지요. 엄마 심 부름 다녀오는 것처럼, 까만 비닐봉지에 담아서 고물상 에 가져가면 PC방 갈 돈 정도는 어렵지 않게 모을 수 있었어요. 그런데 하필이면 송이가 사는 101동에서 붙 잡히고 말았어요.

“우리 손녀랑 같은 반 친군데, 저쪽 107동에 사는 아이예요.”

할아버지의 설명에 경비아저씨는 당혹스런 표정이 되 었어요. 며칠 동안 벼르던 재활용품 도둑을 현장에서 잡았거든요. 그런데 노인회장 손녀 친구에, 같은 단지 꼬마일 줄은 몰랐지요.

"거 참 이상하네요. 분명히 며칠 전부터 재활용품을…."

"내가 잘 타이를 테니 한번만 용서해주시지요. 허허…."

"아, 예…. 그럼 노인회장님만 믿고 전 이만 가보겠습니다."

할아버지는 태연이를 데리고 노인정으로 갔어요. 노인정에 들어가니 어르신 몇 분이 텔레비전을 보고 계셨어요. 송이 할아버지는 냉장고에서 음료수를 하나 꺼내 주셨어요.

"송이랑 철이한테 인라인스케이트를 가르쳐줬었지?"

"네, 할아버지…."

"그럼, 그때 약속한 그 게임 잘한다는…."

"석기 형이요?"

"그래, 석기는 소개받았니?"

"네, 석기 형은 게임이랑 컴퓨터를 무지 잘하거든요."

"그럼 너도 석기한테 게임이랑 컴퓨터를 배웠니?"

"네, 저도 그 형처럼 겜짱에 컴도사가 될 거예요."

어느새 긴장이 풀린 태연이는 얼굴에서 경계심이 사라졌어요.

"이제 왜 재활용품을 뒤졌는지 할아버지한테 말해주겠니?"

"할아버지도 아셨어요? 어휴, 엄마가 알면 큰일 나

는데…."

태연이는 어깨를 축 늘어뜨리면서 할아버지를 힐끔거렸어요.

"저어… 우리 엄마한테 다 말씀하실 거예요?"

"네가 솔직하게 말하면 할아버지가 도와줄 수도 있지."

"그게 정말이에요, 할아버지?"

태연이 눈동자에서 반짝 빛이 났어요. 할아버지가 그 눈동자를 들여다보면서 고개를 끄덕이셨어요.

"사실은 모자라는 용돈을 좀 마련하려고요."

거짓말에 실망한 할아버지 얼굴에서 미소가 사라졌어요. 그걸 본 태연이의 눈동자에서도 빛이 사라졌지요.

"할아버지는 세상에서 거짓말하는 사람을 가장 싫어한다."

"죄송합니다. 실은… 한 달 동안 용돈이 끊어졌어요."

"사내라면 그렇게 솔직해야지. 그래, 용돈이 왜 끊어졌지?"

"벌을 서다 PC방으로 달아나서 엄마가 화를 내셨어요."

"벌은 왜 서게 되었는데?"

"돼지를 잡다 엄마한테 들켰거든요."

"돼지? 오라, 돼지저금통! 그걸 왜 잡으려고 했는데?"

"PC방 갈 돈이 없어서…."

할아버지는 비로소 앞뒤사정을 파악하게 되었지요.

할아버지는 태연이가 PC방 출입과 게임을 스스로 절제하도록 도와줄 필요가 있다고 느꼈지요. 더도 말고 덜도 말고, 철이 정도만 자제하도록 이끌어줘야겠다고 생각했어요.

"두 가지만 약속하면 할아버지가 용돈벌이를 도와주마."

태연이의 눈동자가 다시 빛나기 시작했어요.

"용돈벌이라고요? 우와, 두 가지 약속이 뭔데요?"

"첫째, 게임 시간을 스스로 절제할 수 있을 때까지 PC방에 가지 말 것! 듣자니 네가 좋아하는 석기도 그렇게 하고 있다던데, 약속할 수 있겠니?"

태연이가 용돈을 벌려는 것은 PC방에 가기 위해서였어요. 그런데 용돈을 벌게 해준다면서 PC방에는 가지 말라는 거예요. 태연이는 선뜻 약속하기가 망설여졌어요. 용돈이 생기면 가장 먼저 PC방으로 달려가려고 했으니까요.

그래도 용돈이 생긴다니 일단 약속부터 하기로 했어요.

"약속할게요, 할아버지. 두 번째 약속은 뭐죠?"

"둘째, 집에서는 엄마가 정해주는 시간만 게임을 할 것!"

"지금도 그렇게 하고 있는데요?"

"엄마가 집에 안 계실 때도 그렇게 하겠다고 약속해라."

"이크, 들켰다…. 좋아요, 할아버지! 히히…."

"우리 분명히 남자 대 남자로 약속한 거지?"

“예, 경비아저씨 손에서도 구해주셨는데 꼭 약속 지킬게요.”

“좋다! 그럼 용돈벌이에 대해서 설명해주마.”

태연이는 할아버지 설명을 듣고 처음에는 깔깔대고 웃었어요. 그도 그럴 것이, 매주 토요일 오후에 노인정 할머니 할아버지들에게 휴대폰 사용법을 가르쳐달라는 것이었어요.

“어른이 휴대폰 사용법도 몰라요? 애들도 다 아는데….”

“할머니 할아버지들은 모르는 분들이 많단다. 물론 전화를 걸고 받는 정도는 다들 알지. 그렇지만 문자 주고받기라든가, 카메라 조작방법 같은 거는 모르는 분들이 대부분이야.”

할머니 할아버지들이 자녀들이나 손자 손녀와 문자를 주고받게 되면 무척 즐거워할 거라는 말씀이었어요. 게다가 가족사진도 찍고, 또 가족끼리 사진을 주고받을 수 있다면 더 좋아할 게 틀림없다는 것이었어요.

“동네 어르신들을 즐겁게 해드리는 일이니 너도 보람을 느낄게다. 또 어르신들이 너의 부모님을 만나면 아들 잘 가르쳤다고 칭찬을 많이 하실 거야. 어르신들을 기쁘게 해드리고, 부모님께는 마을 사람들의 칭찬을 듣게 해드리니, 이만한 효도가 어디 있겠느냐? 모르면 몰라도, 엄마는 용돈도 풀어주고 특별 보너스까지 주시지 않을까?”

태연이가 생각하기에도 할아버지 말씀은 틀린 구석이 하나도 없었어요. 하마터면 파출소에 끌려가고, 동네방네 소문이 나서 망신까지 당할 뻔했어요. 그런데 송이 할아버지 덕분에 좋은 일이 줄줄이 생길 줄은 정말 몰랐지요.

“어른들의 칭찬에, 부모님께 효도에, 용돈 동결 해지에, 특별 보너스까지… 좋아요, 할아버지! 석기 형처럼 저도 게임을 즐기면서 하는 멋진 겜짱이 될래요. 으아, 좋아라! 어떻게 하면 되죠?”

먼저 노인정에서 어른들한테 간단한 휴대폰 조작방법을 가르쳐 달라고 했어요. 서두를 것도 없고, 천천히 할아버지 할머니들이 따라오는 속도에 따라 해주면 된다고 하셨어요.

“그런 다음에는 노인정에 있는 컴퓨터 사용법도 가르쳐주렴. 아파트 단지에서 노인정에 컴퓨터를 한 대 들여놓기는 했지만, 나 말고는 사용할 줄 아는 사람이 없구나. 뭐, 복잡한 것까지 기대하지는 않으마. 할아버지들은 컴퓨터로 바둑이나 장기도 두고, 할머니들은 간단한 게임을 하는 정도면 돼.”

태연이는 송이 할아버지가 얼마나 고마운지 몰랐어요.

"앞으로 할아버지께서 시키는 대로 할게요. 그 대신 오늘 재활용품 사건은 비밀로 해주시면 안 될까요? 특히 송이랑 철이 형이랑, 부모님한테…. 헤헤, 너무 창피해서요."

"재활용품 사건? 그게 뭔데? 난 모르는 일이다!"

할아버지는 익살스럽게 손사래를 치셨어요.

"히히, 저도 할아버지 같은 할아버지가 계셨으면 좋겠어요."

태연이 말을 들은 할아버지는 손을 내밀어 악수를 청했어요. 태연이가 주춤거리면서 손을 잡자, 할아버지는 태연이를 따뜻하게 안아주셨어요.

"넌 우리 손녀딸 송이 친구니까 나한테는 손자나 다름없지."

할아버지는 태연이의 등을 토닥여주면서 말씀하셨어요.

"사람은 누구나 크고 작은 실수를 하면서 산단다. 훌륭한 사람은 자신의 실수를 곧 깨달아 반성하고, 두 번 다시 같은 잘못을 저지르지 않으려고 노력하지. 할아버지는 태연이가 그런 의지를 가진 사람이라고 믿고 싶은데?"

태연이는 할아버지 말씀을 듣고 많이 부끄러웠어요. 지금까지는 잘못을 하면 남의 탓으로만 돌렸거든요. 반성도 할 줄 몰랐고요.

“부모님이나 할아버지께서 실망하지 않는 사람이 될
게요.”

“역시 내가 사람을 잘 봤구나. 우리 아파트단지 노
인회장 자격으로, 김태연을 노인정 컴퓨터 선생님으로
임명하겠다!”

“우와, 제가 선생님이 된 거예요?”

태연이는 흥분해서 저도 모르게 소리를 질렀어요. 늘
엄마한테 야단이나 맞는 아홉 살 꼬마가 동네 어르신
들을 가르치는 선생님이 된 거예요. 멋쩍으면서도 근사
하게 느껴졌어요.

태연이는 매주 토요일 오후에 노인정에서 어르신들에
게 휴대폰과 컴퓨터 사용법을 가르쳐드리기로 했어요.
할아버지는 열심히 해주면 노인정 예산에서 강의료를
마련해주겠다고 약속하셨어요.

할아버지 말씀대로 참 보람 있는 일이 될 것 같았어
요. 엄마 아빠도 이 사실을 알면 무척 기뻐하면서 칭찬
해주실 게 틀림없었지요.

아르바이트도 하지 못하는 초등학생인데, 노인정에서
용돈벌이까지 하게 되다니! 어쩌면 부모님께서 주시는
용돈은 고스란히 돼지저금통에 넣어도 될 거예요. 돼지
한테는 배를 가르려 했던 일도 사과하게 된 것이지요.

그날 저녁, 태연이 얘기를 들은 아빠는 크게 기뻐하

셨어요.

"오오, 그게 정말이냐? 정말 장하다, 태연아!"

엄마는 귀가 번쩍 뜨이는 제안까지 하셨어요.

"네가 송이 할아버지와의 두 가지 약속을 지켜내면 용돈 동결도 풀어주마. 여태까지 엄마 속 썩인 거도 몽땅 용서해줄게. 어때, 아들?"

"걱정 마세요, 엄마! 꼭 해내고 말 거예요."

"아이고, 예쁜 우리 아들! 동네방네 자랑해야지! 호호…."

엄마는 태연이를 꼭 끌어안고 볼에 뽀뽀를 해주셨어요. 아빠도 아들의 등을 토닥여주면서 흐뭇하게 웃으셨지요.

"아빠는 태연이가 멋진 강의를 하도록 도와줘야겠는걸?"

"고맙습니다, 아빠! 제가 휴대폰이나 컴퓨터 사용법은 잘 알지만, 그걸 어르신들에게 어떻게 가르쳐 드려야 좋을지 막막했거든요. 그래서 사랑방 교실 선생님을 찾아가 도움을 부탁드릴까 생각 중이었어요."

"아빠랑 연습을 좀 하면 멋진 꼬마 선생님이 될 거야."

자신만만했던 33번 구미호 겜마는 기운이 빠지고 말았어요. 자칫 잘못하다가는 대마왕의 노여움을 사서 백두대간 용암동굴에 갇힐 지경이었지요.

한편 계속 겜마를 경계하던 탱자나무도깨비는 기운이 절로 솟았어요. 꼼짝없이 겜마의 유혹에 넘어가게 생겼던 김태연이 제정신을 차렸으니까요.

"아직 안심하기는 이르다, 탱자나무도깨비. 이대로 물러설 순 없으니까."

"일찌감치 포기하고 대마왕의 저주를 피할 궁리나 해두는 게 좋을 걸?"

대마왕의 겜마와 산신의 탱자나무도깨비가 경쟁하는 동안 태연이는 송이 할아버지와 약속한 두 가지를 착실히 지켜갔어요. 그리고 며칠 뒤 토요일, 엄마 아빠의 응원 속에 태연이의 첫 강의가 시작되었답니다.

"어르신들, 안녕하세요? 전 107동에 사는 김태연이에요."

짝짝짝!

손자뻘 되는 태연이가 귀엽게 인사를 하자, 할머니 할아버지들이 박수로 환영했어요. 지난번에 태연이 멱살을 잡았던 경비아저씨도 동료 몇 분과 열린 출입문 밖에서 들여다봤어요. 동네 아주머니들도 소문을 듣고 와서 구경했답니다.

"오늘은 첫 시간이니까, 우선 노래부터 한 곡 부를까요?"

태연이가 목을 다듬자 여기저기서 환호성이 터졌어요.

"제가 시작할 테니까 어르신들도 따라하셔야 됩니다. 안 부르는 할머니 할아버지들은 강의 끝나고 노인정 청소시키겠습니다. 아셨죠?"

"예, 선생님! 어렸을 적 생각이 나는 걸? 허허…."

"초등학교 때 화장실 청소하던 생각이 난다, 애. 호호…."

태연이가 박수를 짝짝짝 치더니 목소리를 높였어요.

"박수를 치면 건강에 좋대요. 저와 함께 힘차게 손뼉 치면서 노래해요!"

태연이가 큰소리로 노래를 부르기 시작했어요.

"엄마 앞에서 짝짜꿍 아빠 앞에서 짝짜꿍!"

할머니 할아버지들도 재밌어하면서 함께 박수 치고 노래를 불렀어요.

"엄마 한숨은 잠자고 아빠 주름살 펴져라! 한 번 더!"

태연이가 이끄는 대로 노래는 거듭 세 번이나 이어졌어요. 할머니 할아버지들은 마치 어린 시절로 돌아가기라도 한 것처럼 즐거워하셨어요.

"야단났네? 다들 노래를 잘하셔서 청소당번을 정할 수가 없어요!"

"그럼 선생님이 해야지요, 뭐! 하하…."

"어쩌면 좋아요, 선생님? 호호…."

조용하기만 하던 노인정에 오랜만에 웃음꽃이 활짝

피었어요. 태연이는 그렇게 즐거운 분위기를 만들어가면서 어르신들에게 휴대폰 사용방법을 가르쳐드렸어요.

"어르신들은 자녀분들이나 손자 손녀들 목소리가 듣고 싶어도 전화를 잘 안 걸지요?"

"휴대폰 요금이 비싸잖아. 전화비 많이 나올까봐 그러지, 뭐…."

"예, 그래서 오늘 제가 요금도 아주 싸고 손자 손녀들도 좋아하는 문자를 가르쳐드릴게요. 자, 그럼 손자나 손녀들한테 문자를 보내볼까요? 제가 노인회장님을 통해서 숙제를 한 가지 내드렸는데, 숙제가 뭐였죠?"

할머니 할아버지들이 즐겁게 입을 모아 대답했어요.

"가족 전화번호 적어오는 거요!"

"그렇습니다! 근데 적어오지 않으신 분이 눈에 띄는데, 숙제를 해오지 않은 어르신은 노인정 청소를 하셔야죠?"

"다 외우고 있는데요, 꼬마 선생님?"

"어휴, 또 제가 걸렸네요."

"하하하! 노인정 청소…."

"호호호, 우리가 도와줄게!"

할머니 할아버지들은 돋보기를 쓰고 꼬마 선생님이 가르쳐주는 대로 휴대폰을 조작하기 시작했어요. 어렵지 않게 따라하는 어른들도 있었지만, 힘겨워하시는 할머니 할아버지들이 대부분이었지요. 태연이는 어르신들 사이를 돌아다니면서 일일이 확인하고 다시 가르쳐드리면서 문자를 찍게 했어요.

"자, 다들 문자를 찍었지요? 보내기 전에 한번 읽어 볼까요?"

할머니 할아버지들은 휴대폰 창에 뜬 글을 큰소리로 읽었어요.

"우리 손자(손녀) 안녕? 방가방가~^^"

"잘하셨습니다. 그럼 보내볼까요?"

다시 꼬마 선생님이 가르쳐주는 대로 손자나 손녀의 전화번호를 찍고 보내기를 했어요. 이번에도 태연이는 어르신들의 휴대폰에 찍힌 내용과 전화번호를 찬찬히 확인한 뒤에 문자를 보내도록 했지요.

"이제 휴대폰을 닫고 기다리시면 됩니다."

다들 휴대폰을 닫고 가슴을 두근거리면서 기다렸어요. 잠시 후, 여기저기서 문자메시지 도착 신호음이 들려왔어요.

"왔다, 왔어!"

"나도 왔다!"

할머니 할아버지들의 얼굴이 어느 때보다 진지해졌어요. 태연이는 다시 문자 메시지 받는 방법을 천천히 가르쳐드렸어요. 한 가지를 가르쳐드린 뒤에는 한 분 한

분 확인하고 다음 단계로 넘어갔어요.

"그럼 한 분씩 도착한 문자 메시지를 읽어볼까요?"

귀여운 손자나 손녀들이 보낸 문자를 읽는 할머니 할아버지들의 얼굴에는 기쁨과 즐거움이 가득 넘쳐흘렀어요. 자랑하듯이 문자내용을 읽을 때마다 서로 박수를 치면서 웃음을 터뜨렸어요.

"와우~ 할머니 멋져요! 나도 방가방가~^^"

"앗, 깜짝이야! 할아버지, 멋쟁이! 사랑해요~♥^^"

태연이는 즐거워하시는 어른들을 바라보면서 가슴 가득 보람을 느꼈답니다. 자신의 작은 노력이 이렇게 흐뭇한 결과를 가져오리라고는 생각지도 못했거든요.

문득 부모님 눈을 피해가면서 게임에 매달리던 자신이 부끄러워졌어요. 게임이 재미있고 신나는 것만은 틀림없지요. 하지만 아무리 게임을 많이 해도 오늘처럼 가슴 벅차게 즐거웠던 적은 단 한 번도 없었거든요.

생각이 여기에 미치자, 송이 할아버지가 더없이 고맙게 느껴졌어요. 그냥 모른 척하고 지나쳐도 그만인 재활용품 사건 때도 친손자처럼 다독여주셨어요. 뿐만 아니라, 게임중독으로 치닫는 자신에게 노인정에서 어르신들을 위해 봉사할 기회를 만들어주셨지요.

처음에는 송이 할아버지한테 이끌려 용돈벌이나 하자면서 시키는 대로 했어요. 그렇지만 막상 그 일을 시작하고 보니 마치 마술에 걸린 듯 태연이의 가슴을 벅차게 하는 보람이 하나 둘 안겨왔답니다.

그리고 오늘, 할머니 할아버지들의 얼굴 가득한 주름살 하나하나에 기쁨과 즐거움이 흐르는 것을 발견했어요. 그것은 분명히 그분들의 행복이었어요. 그런데 그분들의 행복을 바라보는 태연이의 마음도 덩달아 행복한 것은 무슨 까닭일까요?

"아이고, 우리 꼬마 선생님! 고마워서 어쩌나!"

갑자기 한 할머니가 태연이를 끌어안고 엉덩이를 토닥여주셨어요. 다른 분들도 태연이를 칭찬하면서 머리도 쓰다듬어주고 등도 두드려주셨답니다.

"꼬마 선생님 덕분에 우리 손자손녀들이랑 대화가 통하게 됐지 뭐야?"

"이젠 아들딸이랑도 문자를 해야겠어. 요금 싸고 애들도 좋아하고, 얼마나 좋아? 고마워, 꼬마 선생님!"

시작부터 이렇게 멋지게 성공하다니, 정말 기분이 좋았어요.

노인회장님이 가까이 오시더니 태연이의 손을 잡았어요.

"잘했다, 태연아! 할머니 할아버지들을 아주 잘 가르치던 걸?"

"고맙습니다, 할아버지. 아빠가 수업준비를 도와주셨어요."

"나중에 커서 선생님이 되면 어떨까? 오늘 보니까 아주 훌륭한 선생님이 되겠던데."

"그게 정말이세요? 사랑방 교실 선생님을 보면서 저도 그분처럼 되고 싶다는 생각을 많이 했거든요. 그 동안 꿈이 없었는데, 할아버지 덕분에 멋진 꿈이 생겼어요!"

"그래? 그거 잘됐구나. 하하…."

그때 노인정 출입문이 열리면서 뜻밖에 엄마 아빠가 들어오셨어요. 두 분이 한 아름씩 가지고 온 것을 노인정 한가운데에 풀어놓으셨어요.

김이 모락모락 피어오르는 따뜻하고 부드러운 떡, 고소하고 달콤한 과자, 시원한 음료수와 과일…. 어르신들이 좋아하는 음식을 푸짐하게 마련해오셨어요.

노인회장님이 깜짝 놀라서 부모님께 물었어요.

"이게 다 웬 겁니까? 우리 학생들이 선생님이랑 선생님 부모님을 대접해야 하는데, 오히려 대접을 받게 되었네요!"

"아닙니다, 어르신. 천둥벌거숭이 같은 철부지를 잘 이끌어주신 동네 어르신들인 걸요. 고맙다는 인사를 드리려고 이렇게 찾아뵈었습니다."

부모님은 노인회장님과 할머니 할아버지들에게 일일이 고맙다는 인사를 드렸어요. 태연이는 부모님을 바라보면서 가슴 뭉클한 고마움을 느꼈답니다.

노인정에서는 오후 내내 즐겁고 흐뭇한 웃음소리가
흘러나왔어요.

겜짱 _ 공연 배우들과 함께 (김해숙갤러리소극장에서)

게임중독 상담센터 이용안내

- 한국정보문화진흥원 인터넷중독 예방상담센터 -
02-3660-2580

1. 이용절차 : 전화예약 후 직접 방문
    (개인상담, 집단상담, 심리검사)
2. 상담시간 : 오전 9시부터 오후 6시까지
    (전화 상담과 인터넷 상담은 쉬는 날 없이
    오전 9시부터 새벽 2시까지 계속합니다.)
3. 소요시간 : 면접상담은 주1회(50분) 상담 원칙으로 하고, 심리검사는
    평균 1시간 정도 소요되나 개인에 따라 다를 수 있습니다.
4. 비용 : 무료
5. 전국 상담대표전화: 국번 없이 1599-0075
6. 홈페이지 : www.iapc.or.kr
    E-mail : imhappy@nia.or.kr

* 상담내용, 심리검사 결과는 절대 비밀을 보장합니다.

<참고 자료>

* 한국정보문화진흥원 정보문화 포털
* 한국정보문화진흥원, 2008년 발간, 인터넷 중독예방 가이드북 –
  초등학생용 <즐겨라!>
* 한국정보문화진흥원, 2009년 발간, 2009 인터넷 중독 극복 및 상담사례
  <인터넷 세상 밖으로 나와라!>
* 평단문화사, 2008년 발간, 김미화·장우민 지음.
  <인터넷 중독에서 내 아이를 지키는 59가지 방법>
* 어린이 동아, 엄마 아빠와 선생님 방 <선생님~ Help Me!>
* 기타 네이버(Naver)와 다음(Daum) 등 포털사이트